白鹇箐

普洱人与普洱茶系列短篇小说

马青 著

云南美术出版社

图书在版编目（CIP）数据

白鹇箐：普洱人与普洱茶系列短篇小说 / 马青著
. -- 昆明：云南美术出版社，2023.10
ISBN 978-7-5489-5487-3

Ⅰ.①白… Ⅱ.①马… Ⅲ.①短篇小说—小说集—中国—当代Ⅳ.① I247.7

中国国家版本馆 CIP 数据核字 (2023) 第 204846 号

责任编辑：台　文
责任校对：孙雨亮　李亚梅
装帧设计：武　洁

白鹇箐

普洱人与普洱茶系列短篇小说

马青　著

出版发行　　云南美术出版社
　　　　　　（昆明市环城西路609号）
开　本　720mm×1010mm　1/16
印　张　8.5
字　数　210千
版　次　2023年10月第1版
印　次　2023年12月第1次印刷
印　装　昆明德厚印刷包装有限公司
书　号　ISBN 978-7-5489-5487-3
定　价　58.00元

序

马青先生比我年长许多，认识他有很多年了。年轻时候偶然地读过他的一些作品，后来有幸成为同事，交流的内容也就多了。在我主办《普洱》杂志的初期，还得过他的鼎力相助。尤其在如何写出普洱特色的文学作品这个话题上，我们有很多共同的见解。由于我本人不直接从事文学创作，所以当马青先生希望我为他的小说集《白鹇箐》作序的时候，我一开始是婉拒的。可是，当我认真读完这部副题为"普洱人与普洱茶系列短篇小说"的作品后，改变了主意，决定不管我文字水平如何不济，也要为马青先生的这部作品说几句话，呐喊几声。

如何发掘普洱本土文学题材，长期从事文学创作的马青先生有过很多思考，也有过很多的尝试。就我自己的认识：普洱地域辽阔、民族众多、以普洱茶为代表的物产也多，而且一个市就与三个国家相邻。想用一篇或者两篇作品来表现很难，所以马青先生采用了同属一个主题的系列作品，用"清明上河图"那样的手法，以一个一个单独的画面，组合出一个宏大的社会生活图景。另外，他还紧紧抓住了"普洱茶"这个特色来展开情节，通过普洱人和普洱茶的故事，给自己的作品打上了一个明显的标识，写出了如普洱茶一样的普洱人，也写出了普洱人一样的普洱茶。从这点来说，马青先生的着眼点就比较高，也很成功。

纵观全书，作品又不是千篇一律。内中《白鹇箐》《佤妹叶列》等，比较清新明快，像音乐里的旋律欢快的短调，而有的作品就比较厚重。如《神膏》，描写的是抗日战争时期，两家本来互有成见的茶商，不计前嫌，联手为即将奔赴战场的抗日将士熬制茶膏的故事。又如《藏在茶叶里的猫》，一篇万把字的作品，融入了大白茶的故事、瓦猫的传说以及中国人民解放军滇桂黔边纵队（简称"边纵"）的红色历史，是讲好普洱故事的一个很好的尝试。而这些故事并非凭空编造，是有真实的历史依据的，这也是创作来源于生活的一个证明。

普洱有着"一市连三国"的特殊地理位置，国与国之间边民的来往，一直是普洱一个实际的存在。我注意到这部作品中《岩坎与车》这篇小说，描写的是最近的"强边固防"活动，显然，马青先生是亲临了边境一线而得到的素材。作为一个身体欠安的老同志，这种尽量走进基层、走进生活寻找素材的精神值得人佩服。

再一个，就艺术手法来说，虽然写的是普洱茶故事，但作者并没有人为地强写和硬写，甚至编造情节。如《老人们》一篇，写几个退休的老驾驶员一块聊天，回忆往事，茶的故事只是作为一个背景，在他们的讲述中很随意地出现，没有违和编造的痕迹，运用得十分自然，读了以后给人的感觉就是那么一回事，很真实。当然，能写出这样的作品，显然也源于马青先生多年的生活积累。而在《普洱两味》以及《进城的老树》等作品中，作者几乎就很少提到茶，或者只把茶作为故事里的一个道具，隐隐约约地出现，但依然体现了普洱人与普洱茶这个不变的主题，也都是成功之作。

当然，作为一个办着一份普洱茶专业杂志的读者，作为马青先生的一个老朋友，我拜读完整部作品后，依然感到有些不足，就"普洱人和普洱茶"这样一个宏大主题，我认为作者展示得还不够，很多可以深挖的内容也浅尝辄止，没有能往更深层次挖掘。从这点上说，马青先生的这幅"清明上河图"是有欠缺的，但无论如何，在开发普洱文学题材的道路上，马青先生又先于他人走了一大程，值得我们效仿。希望普洱的作家、文学爱好者们，能在这样的共识下也讲出更多的普洱故事，写出更多更好的作品。

最后，我也祝愿马青先生身体健康，继续有佳作问世，并让我们能在他的作品中品出普洱茶一般越陈越香的韵味来。

（作者为普洱杂志社社长）

3

目录 /CONTENTS

白鹇箐

去白鹇箐的路，已经都是水泥路面了，而且还比较宽，两辆小车相遇，轻松就能够错过。不过二别开车还是很小心，他说如今白鹇箐名声大了，来往的车很多，那些什么什么名车听都没有听说过，不小心擦刮了人家，怕是砸锅卖铁都赔不起。

坐在二别的五菱宏光里，这车子虽然档次不高，但感觉还是很舒服，看着熟悉的风景从车窗外掠过，张老师眼睛时而睁开时而闭上，一面回忆着以前在这些泥泞山路上步行的日子。

二别是张老师以前的学生，读书时成绩特差，勉强毕业。后来留在家乡做小生意，赚不赚钱不知道，却最把老师挂在心上，遇到什么好玩的好吃的，总要想办法把张老师也拉上。反倒是那几个后来考进了大学的尖子，毕业后几乎没有往来，似乎早就把老师忘记了，现在如果在街上遇到，恐怕连认都认不出来。

前边是岔路，张老师坚决不让二别送，他想自己走着进寨子，品味一下时光的流逝，另外也怕耽误二别送货。说好一个大致的时间，待会二别折回来时会在岔路口等他，有什么改变，手机一联系就什么都知道，现代社会嘛。

第一次来白鹇箐，是十几年前的事。那时是土路，那天还下雨，衣服都淋湿了，从乡中学走到岔路，感觉已经很累了，要不是有一种年轻人的信念支持，他几乎就要打退堂鼓。还是返回学校吧，那里虽然条件不好，但这样的天气，总可以打盆热水洗洗身子，换换衣服。

那次他是为阿彩妹的事情来的。

那年，他新接了一个班，首次担任了初中一年级的班主任，也就是二别他们这一拨人。注册的那一天，快要退休的白头发林芳老师过路，看了一眼这些学生，意味深长地对张老师说："吣吣吣，这班学生，会让你头疼的。"事实也果然如此，不知什么原因，一大堆捣蛋鬼都集中在了张老师麾下——好啦好啦，那些日子张老师也不想回忆了，现在想起来还蛮有刺激和挑战，事实证明，这些捣蛋鬼智商都不低，最终也没有给张老师丢脸。

刚上了一个多月的课，白鹇箐的阿彩妹星期天下午没有按时回学校，托人带了个口信给张老师，说她不来读书了。这个阿彩妹很瘦小，看人时眼神怯怯的。但张老师批改了她的一篇作文，又去数学老师那里看了看她的数学作业，马上感觉到这女生是个读书的料，怎么就不来了呢。张老师找到初二班一个也是白鹇箐的学生，才知道她家经济困难，最近母亲又生病了，经常卧床，实在没办法了。

冒着雨来到阿彩妹家，张老师看到阿彩妹家果然困难。房子破烂，家里没有几样像样的家具。阿彩妹的父亲上山去了，母亲病歪歪地坐着。阿彩妹看到老师来了，似乎因为自己家的贫困在老师面前感到很难为情，但还是懂事地去灶房为老师烧水泡茶。水还没有烧好，阿彩妹的父亲背着刚打的山笋回来了。

这是一个外表有些憨厚的山里汉子，解开蓑衣放下笋叶斗笠，发现来了客人，而且是女儿的老师之后，一时手足无措，不知道要忙点什么，好半天才在张老师对面坐了下来。听完张老师的动员和对阿彩妹学习的夸奖，他说，即使老师不来，他们这几天也想着，不管怎么困难，还是要送姑娘去上学，因为不让她上学，姑娘已经悄悄哭了好几次了，他自己心里也难过。

张老师也表了态，说他会给学校汇报，让学校给他家免掉学杂费。其实当时他就有资助阿彩妹的想法，只是他自己的农村老家也困难，他的工资还要省一点寄回家，所以当时没有表态。这个时候，阿彩妹把茶端上来了。

茶是泡在一个玻璃杯中，这可能是她家最好的茶具，阿彩妹显然已经用心地洗过它，但还是有没法完全洗干净的感觉。张老师接过茶杯，顿时感到一股略带霸气的茶香袭来。这一带是历史上普洱茶的传统产地，生活在这块土地上的人，无论喜欢和不喜欢喝茶都免不了要和茶叶打交道，也都懂一点茶也会泡茶。这杯茶，阿彩妹已经洗过，而且把第一道茶汤滗掉了——头道槟榔二道茶，这二道茶嘛，茶味已经融入了茶汤，滋味正好。

看见张老师对这个茶感兴趣，阿彩妹的父亲介绍说，寨后山的白鹇箐有一片古茶，原来是集体的，包产到户的时候分了，有的人家分到几十棵，有的才分到十几棵。味道还好，只是树老了，发芽不多，现在茶叶又不值钱，就是采点回来自己喝，有的人家连采都懒得采，任它在树上变老。

张老师这才知道白鹇箐的寨名是因为那个山箐得来的，而且山箐里有一片古树茶。

回到学校后，张老师把阿彩妹父亲送给他的山笋拿去扔给了伙房，山笋是苦笋，但那个本地炊事员就是有本事把很多的苦味处理掉，煮了一锅苦笋汤，微苦，却很好吃。吃饭时候，校长也在，张老师边吃饭边向他汇报了一下家访的情况，校长耳朵在听，眼睛却一直盯着张老师用玻璃罐头瓶泡的那杯茶，最后忍不住拿过来喝了一口，鉴定说，是白鹇箐的古树茶，而且是正梁子上的那几棵。

对本地的山川地貌、历史传说，校长就是当地最大的权威。他告诉张老师，白鹇箐的那一片古茶树其实大有来头，清朝时候是专门给皇帝进贡的。那个寨子原来就只有阿彩妹他们三四家人，估计老一辈就是专门管理这片古茶树的茶农，皇家茶农。靠坡脚下的那几家，是1958年左右，搞什么大炼钢铁的时候才搬来的。

按照校长说的，这片古茶园原来还不小，梁子翻过去还有一片。大集体的时候，粮食不够吃，就把茶园砍了种包谷。还是他觉得这样不好，多了几句嘴、管了一回闲事，找到公社上当领导的学生反映，公社派人去制止，要不然茶园早就没有了。这个茶味道的确好，所以他每年都托学生家长给他采留一点，他付钱。不过人家不会收他的钱，过年他就买点酒什么的送过去，等价交换，只是不想把这秘密告诉更多的人，产量很少，大家都来找，嘿嘿，他可就喝不到了。

到了周末，阿彩妹按时回到了学校。

张老师找阿彩妹，谈了一些要她努力学习，用知识改变命运的道理。然后每隔一段时间，就悄悄给她一点生活费。阿彩妹含泪收下，但张老师发现，即使这样很少的一点钱，阿彩妹都舍不得花，要省下来给母亲买药。张老师很感动，同时也直觉地认为，这孩子有戏。

三年后，阿彩妹顺利通过中考。但这个乡只有初级中学，她就到了另外一个镇读高中，而张老师也在这班学生毕业的同时，调到县城新成立的一所中学任教。不过，他还是通过他在阿彩妹那个镇中学任教的同学，继续给阿彩妹提供了一些资助，一直到她高中毕业。

阿彩妹和她朴实的父母亲对张老师自然很感激。他们知道张老师平常就是喜欢喝点茶，几乎每年的清明之后，张老师都会收到他们家精心为他采制的一包古树明前茶。

张老师老家也在农村，他家那里也有茶山，古茶算不上，但还是有些年头了，全是一台一台的台地茶。爷爷一辈子爱喝茶，用大口缸泡，半缸茶叶半缸开水，又苦又酽。小的时候他偷喝了几口，结果整晚上都睡不着，但爷爷把那么多的苦茶有滋有味地喝下去，还奇怪地睡得很甜，直打呼噜。

在爷爷的影响下，张老师也学会了喝茶，品茶。虽然关于茶、关于普洱茶的书本知识他知道得不多，但本地茶好喝不好喝，他一杯下肚，还是能够说出个所以然的。这些年普洱茶产区的茶他前后还是喝了不少，但类似白鹇箐古树茶的味道，还真是不多见。

现在张老师已经不用玻璃罐头瓶泡茶，他购置了自己的茶具，心情好时，他会拿出收藏的白鹇箐茶，精心冲泡，看着透亮的茶汤，闻着那特有的茶香，仿佛又回到了白鹇箐，看到了那里的蓝天、白云、青山、竹林，还有山箐里清亮的泉水。关于这款茶，排除掉因为对阿彩妹一家爱屋及乌的好感，就只剩下这样一种解释：这一杯茶当中已经蕴含了日月山川的精华，而且那制作的工艺，也恰到好处地释放出了茶叶当中深藏着的内涵。

作为教师，张老师没有看错人，阿彩妹果然是个读书的料，高考上了本地的高分榜。临走前，她给张老师写了一封信，报告了自己的去向，感谢了老师多年来对她的关心和支持，同时告诉张老师，不要再继续从经济上支持她了，理由是一来得到了乡政府的一个专项扶持，二来家里经济情况已经好转，母亲病好能够劳动，父亲搞种植养殖都有收入。但她会记住老师的教导，继续努力学习。当然，依然希望老师一如既往地关注她，教育她成长。

这是一封很得体，也很有文采的信。唔，有大学生的水平了，张老师一面想，一面把这封信小心地收藏起来，他要把这件事和这封信作为一个实例，用来教育他现在的这些学生。

大学四年中，他们联系很少，阿彩妹有一年寒假，来张老师的学校找过他一次。不巧的是，已经有了家室，而且正好被一些家庭琐事搞得焦头烂额的张老师不知道哪里去了，手机也打不通。他第二天才在门卫那里看到了阿彩妹的留言和留给他的礼物。礼物有白鹇箐那个地方的腊肉、香肠。或许是空气的原因，风干的肉类味道很好，留言条里留下了她的手机号码、微信号等联系方式，师生俩中断了一段时间的联系又接上了头。

张老师发现，这些礼物中没有他以前经常收到的白鹇箐茶叶。

有一天，已经退休多年的那位老校长来他家，品尝白鹇箐的腊肉，喝几口张老师老家的包谷酒，说到了这个话题。老校长沉吟了一会儿，说，凭着他对阿彩妹这家人的了解，他们家不会舍不得送你茶，只怕是想送也拿不出送的了。

张老师问："此话怎讲？"

老校长笑了："我说你真是个好老师，两耳不闻窗外事，一心只会扑在教学上。你真不知道白鹇箐的茶现在到了多少价。"

"能高到哪里，茶叶嘛，一片树叶。"

"三万到五万一公斤。"

"晒干的？"

"想得美，我说的是鲜叶，树上刚刚采下来的鲜叶。"老校长想想又补充说："你以为光我俩知道白鹇箐的茶不同寻常？即使这样贵，还都被人提前包完了。"

"还有呢，阿彩妹的妈妈原来还是普洱贡茶手工制作工艺的正宗传人，经常被请去指导坡脚下面那几个茶厂做茶，还真名不虚传，同样一批茶叶，人家就能做出不同风味。"

张老师听得目瞪口呆，也明白了为什么以前阿彩妹家送给他的那些茶味道会那么好。

又是几年过去了。

地方上关于普洱茶的活动，什么庆典、节日、交易会越来越多，市面上有关普洱茶的出版物也经常看见，就连张老师学校里也配合着让学生做了一些相应的学习。当然关于白鹇箐的报道也不少，但所有报道后面都或贬或褒地谈到这款茶叶的天价问题。和白鹇箐茶叶有过一些交集的张老师自然不想去参与这些讨论。他知道，虽然教师的待遇这些年已经提高了不少，能保证衣食无忧，但这样天价的茶叶，从此将与他无缘。

又是一年春茶上市的时候，微信里传来阿彩妹的信息。说她已经回到了白鹇箐，准备要在家乡多留一段日子，也想请老师来小住几天，她家的新房去年就落成了。收到这个消息的时候，正巧二别也进城来给一家茶庄送货，顺便看望老师，还送来了一包白鹇箐的春茶。当然，这个是白鹇箐外围茶山的茶，算是白鹇箐的朋友圈产品。味道其实也差不到哪里，只是名气没那么大就是了。

看到信息，二别就力主张老师回去看看老学校、看看白鹇箐。正好又是周末，于是不由分说地把张老师拉上了车。时隔十几年后，张老师又再一次来到了白鹇箐寨子。

阿彩妹家的房子已经变成了小洋楼，毗邻的几家也如此，而且房子的模样都差不多。张老师明白，这是一家先盖，别家也就请人比照着盖，大同小异的。可惜，房子虽好，但和周围的山水相比，似乎有一种不协调的感觉。

阿彩妹的母亲坐在院子里的躺椅上休息，看见张老师，吃力地想站起来打招呼。张老师赶紧放下带来的水果去扶她坐下，很奇怪地问她是怎么了。阿彩妹听见张老师的声音，一下子跑了出来，用普通话和张老师问好，然后突然醒悟地改成方言，不好意思地解释说，在外地时间长了，习惯了说普通话，说方言反而费力。然后张老师才知道，阿彩妹的母亲刚学会骑摩托车，一把年纪了，居然还敢冲茶山的毛路，摔下了坡。阿彩妹就是为这个事情赶回来的。

被女儿数落了一通之后，张老师和阿彩妹的母亲都忍不住笑了。接下来阿彩妹手脚麻利地用电热水壶、漂亮的配套茶具，为张老师泡好了一杯茶。看到张老师观察茶汤的神情，她又忍不住咕地笑了，大方地告诉老师，这个不是箐里那几棵古茶的，那个连我们也喝不着了，不过这个也是好茶，明前茶，我妈自己制作的。

在品茶的时候，阿彩妹转进了厨房，依然快手快脚地忙起了做饭，从开着的厨房门看进去，里头电磁炉、煤气灶、冰箱、抽油烟机什么的都齐全，比张老师在县城的家要阔气多了。阿彩妹的母亲则在春光明媚的院子中陪张老师聊天。

通过阿彩妹母亲的介绍，张老师才知道，阿彩妹还在实习的时候，就被一家大企业的老板看中，毕业后就没有回来，选择去了那里工作。对象已经有了，是后山马鹿田村那边的人，在省城做电脑生意的。阿彩妹代表单位去采购器材，因为什么地方没搞对，两人就吵了起来，开始两人都讲普通话，一吵架一急就把方言吵出来了，于是大眼瞪小眼的，才知道原来都是一道梁子出来的老乡。

张老师听得忍不住笑了起来，问："准备什么时候办事了？"

说到这个话题，阿彩妹的母亲叹气说难了，说现在有村规民约管着，办喜事只准请多少多少桌，我们家在这里多少代了，四乡八寨，不是亲戚就是邻居，不让多请，可要得罪很多人的。还有这个房子，以前盖的时候不说，现在要搞旅游开发了，又说我们这个叫什么什么异化建筑，要改造、要拆、要搬迁。真是！以前没钱气，现在有钱也气。

白鹇箐的方言里，气是发愁的意思。不过，嘴上说气，阿彩妹母亲脸上却看不出有什么发愁的感觉，说着说着，还开心地笑了。

阿彩妹冲出了厨房："吃饭吃饭，别又唠叨那些话了。"

因为张老师是突然来到的，阿彩妹家没有提前准备，但临时做的饭菜依然很丰盛：刚出土的春笋、现采的青蒜苗炒肉、鲜嫩的豌豆尖汤、蒸腊肉、豆豉海白菜，还有张老师最爱吃的，只在春天才发芽的一种野菜，叫刺苞菜，味道微苦。过去是野菜，现在已有人工种植，价格比猪肉还贵。离家多年的阿彩妹，做出的菜依然是地道的家乡风味，让经常因为忙，靠煮面条打快餐果腹的张老师赞叹不已。

阿彩妹吃饭快，她让母亲陪着张老师，自己装好保温饭盒，去白鹇箐茶山给父亲送饭。阿彩妹的父亲今天看守茶山，看守嘛，一个自然是怕人盗采茶叶，更多的是保护古茶树资源，因为来的人多了嘛。还有一层意思是这些古茶树的主人也互相监督监督，不要拿别的茶叶去冒充古茶树的茶叶。

不过，阿彩妹一去就不见回来。眼看时间差不多了，二别也打了电话来询问情况，张老师说明自己明天还要上课，只能向阿彩妹的母亲告辞了。阿彩妹的母亲拖着不灵便的腿，给张老师准备了一编织袋的礼物，有腊肉，还有白鹇箐的红薯。这里的红薯也是个品牌，味道奇好，张老师一家都爱吃。

在岔路口，阿彩妹骑着摩托追上了张老师。

原来阿彩妹一个是到茶山送饭，一个也是去取一点白鹇箐的古树茶给老师。因为没制作好，她去别的茶农家交换了一点，耽误了时间。张老师连连说不用，这个茶这样贵，你还是留着卖吧。

阿彩妹笑了："老师，我们不是财迷，白鹇箐的乡亲以前穷怕了，为了这些树这些茶，也闹过矛盾。但现在大家都明白了，这个茶很贵，但再贵也就是那么一点点，可它是品牌、是活广告，能够把我们这边的茶产业都带动起来，那个才是大头。再说，您见证了白鹇箐的变化、见证了我们这代人的成长，您是最有资格品尝它的人。"

透过那个很普通的塑料袋，张老师再次闻到了白鹇箐古树茶那种特有的清香。

佤妹叶列

第一次走进这个茶叶市场，叶列的眼睛都看花了。

老家佤山那个县城没有专门的茶叶市场。只是在农贸市场的一角，彩钢瓦的房顶下，有一片地方在搞茶叶销售，旁边相连的商铺里也有几家当地茶厂的商店，专门经销自家的产品。市里头倒是有好几个专业的茶叶市场，一家接一家都是销售茶叶的门店，在叶列眼中，规模已经很大了，可是和眼前这个比起来，直接就没法比了。

这个南方大城市的茶叶销售市场，肯定要比她们佤山的县城还要大。除了她熟悉的普洱茶，这里还有龙井、碧螺春、铁观音、信阳的毛尖、安化的黑茶，好像全中国的全部茶叶都集中到这里开会来了，所以在开始来到这里的那段日子，没有王姐的陪同，叶列根本就不敢走远，怕找不着回来的路。

是王姐把叶列从佤山带到这里的。

王姐是汉族，原先也在单位上工作，每月按时领工资。照叶列看，王姐的日子是最好过的，但王姐却说日子没法过了，要买房子、车子，还要供儿子，怎么攒钱都不够用，只好自己出来干。感觉这个地方能做大一点的生意，也就是茶叶了。

叶列从县里的民族中学毕业以后，阿爸阿妈叫她不要回寨子，他们那个地方又远又苦，找那个在县城工作的叔叔帮一下，先在县城找个工打打，叔叔就带着她来找王姐。叔叔当过兵，后来回到佤山工作，和王姐原来就在一个单位。王姐只看了叶列一眼，马上就答应了下来，叶列的工作是帮她看守着那个不大的门店，客人来的时候泡泡茶，有零售茶叶的就收收钱，大的生意手机上和她联系，她自己则经常跑茶山去收茶叶。

叶列在民族中学里学过普洱茶的简单知识和冲泡方法，也会一些基础的电脑操作。这个学校教学很实用，叶列一出学校就都用上了。

王姐长得胖胖的，性格直爽。付钱给人的时候，掏出一叠百元钞票，唰唰唰地不打折扣。不高兴的时候会沉下脸骂人，高兴的时候也会笑闹不止。她的朋友则经常爱和她开玩笑，叫她改行算了，胖乎乎的在茶板前一坐，什么普洱茶具有降血脂降血糖功效，全部都叫你给"证伪"了。如果有人这么说，王姐就会跳起老高——你们说我可以，不准说我的茶不好。不信老娘我把医院的那些单单找出来给你们看看，我胖是胖一点，但医生的那些指标全部合格，还不就是喝了普洱茶、喝了我的高山云雾普洱茶的功效。

或许和她的人缘有关，王姐的生意一直还好。

叶列发现，和她一起毕业的一些同学，还有几个认识的玩伴，也都在县城周边打工，也会来找叶列出去玩。不过王姐不喜欢他们，直接会开骂，滚

012

开些，别把我家叶列带坏。一段时间以后，叶列也发现这些伙伴，尤其是男生，在学校里有老师管着还好，出到社会上打工，刚拿到工资就跑回寨子连续几天和人喝酒，不去上班也不和带班的人打招呼，到钱用完了，才回到打工的地方。

——你不准像他们那样！王姐说。

王姐的确是把叶列当成了自家人。当然叶列也有很多可爱的地方，皮肤虽然黑，但模样耐看，尤其是那一头黑色的头发，甩开来就像一片黑色的瀑布，每次洗头发，都需要双倍的洗发膏。另外，她身上还有一种近似天性的温顺和诚实，尤其是她面对生人的那种微笑，很自然，亲切。在店里，有时候那些旅游者购买纪念茶饼什么的，会多付点钱给这个让人感到亲切的小佤妹。叶列会算清楚了之后都交给王姐。王姐过意不去，说："我给不了你很多的工钱，人家给你的，你就自己留着吧。"

叶列只是笑笑，以后遇上，依然同样处理。

王姐卖的茶叫"佤山云雾茶"。也许是沾了佤山云雾的光，她的茶一直好卖，不过价格起不来，利润不高。这样，她就考虑往外地发展，先是到了市里，在那个叫"龙生"的茶叶市场里开了个门面，后来又和一个也姓王的外省老板合作，把生意做到了这个大城市。

在"龙生"市场的时候，叶列见到了那个经常穿着名牌T恤，夹一个鳄鱼皮包的外省人王老板。叶列本能地不喜欢王老板看她的那种眼神，那种就像想把她全身看透的眼神。她在店里尽量回避王老板。叶列还发现，王老板有时候还会在隔壁仓库里，和那个叫阿珍的妹子搂搂抱抱地嘻哈打闹，这更让她反感了。在准备来这个城市之前，叶列事先知道只有王姐和她，那个王老板不来，才放心地跟王姐来到了这里。如果是和王老板，她就不来了。

这个茶叶市场超级大，她们铺面的这个地段不是中心，比较偏，地势还有一点低，不过王姐到了这儿以后，生意明显见好，叶列的功劳自然也不小。叶列穿着王姐给她新买的佤族服装，加上她那天然的，想装扮也装扮不出来的佤妹模样，让一些过路不准备买茶的人也会突然改变主意，进来坐一坐，看看店里的茶，询问一些什么是生茶、什么是熟茶之类的问题。

在这里，叶列慢慢认识了一些人，包括对面也在做云南红茶生意的虾叔。

虾叔是因为他的名字里有一个虾字，大家就叫他虾叔。一开始听到虾叔的名字时候，叶列忍不住笑开了。在老家，她认识很多汉族的朋友、生意人，但就没有人会用虾来起名字，除非是网名。虾叔也笑着，用叶列听起来很吃力的普通话告诉她，他是海边人——他比了一个游泳动作。那里用虾起名的人不少，叫大名小名的都有。

哦，大海，这个词勾起了叶列的一串串联想。

一直到中学毕业，叶列都没有走出佤山一步。去"龙生"茶叶市场是她第一次到市里，第一次坐飞机出远门就到了这个大城市。虽然她没有去过多少地方，但和父母不同，她能够通过书本、电视、手机认识这个世界。这些她没有去过的地方当中，她最最向往的就是大海。站在老家寨子，看得见的就是望不见边的苍茫大山，有时候她会这样想，那些山能变成大海就好了。

她的第一个手机是叔叔给她买的，寨子里的父母基本不存钱，对未来的日子也没有什么规划，要不是政府免费入学的政策，叶列恐怕连学都上不起。在王姐那里打工挣到钱以后，很了解当地习俗的王姐，就不让她把挣到的钱都托人带回去，叫她自己攒着。

还在很小的时候，叶列在电视里看到了大海的画面，很快就被那些蓝色的水面、白色的浪花迷住了，这样的景色她在佤山永远看不到。有了手机以后，她的手机屏保换来换去，但一直都是海洋或者海岸风景。她有一个叫岩龙的佤族同学，也是一个海洋迷，曾经计划要从佤山步行去看大海，建议得到了很多同学的欢呼拥护。岩龙玩手机也玩得非常利索，叶列保存着的许多海洋、海浪视频，基本都是岩龙为她下载的。

岩龙还喜欢唱歌，读了书，有了些文化知识后，他自己把一些流行歌曲改成佤语演唱，连老师都非常爱听。毕业前夕，两人坐在学校后面的大青树下，望着远处连绵的群山，谈论着的却是更远方他们看不见的海洋，彼此约定，努力创造条件，将来一起去看遥远的大海，像电视剧里演的一样，手拉手地在大海边奔跑。

可是，有一天叶列早早地去县城市场，准备把茶叶店门打开的时候，却发现岩龙一身酒气地睡在卷帘门前。她开了门，叫醒了岩龙，还给他泡了一杯茶。清醒过来的岩龙很不好意思，故意开玩笑说他刚才梦见了大海。

叶列看着他："原来你说的去大海就是这样去的，太快了嘛。"

岩龙一下子被呛得说不出话，趁有人进店，悄悄地走了，很长一段时间他们都没有联系。

来到这个大城市以后，叶列通过手机地图发现，表面上这个城市就在大海边，但实际上要真正去到海边还有不少路。虾叔也告诉她，在那些港口、码头看见的根本不是海洋，以后有机会去他们乡下老家，那个才是大海，才叫海洋。

到了新地方以后，王姐非常忙，吃饭都无法准时，去看大海的事叶列就暂时没有提起。

转眼就来到这里大半年了，这个城市也进入了雨季。

在学校的时候，老师曾经告诉她们，佤山的降雨量，在全国都是最高的。叶列也记得，小时候在寨子里，雨季到处都是泥巴，去哪里都会摔跤，滚一身泥。直到后来政府在寨子里铺了水泥路，铺了水泥晒场，她们雨季时才能够在寨子里跑来跑去地玩闹。

不过，雨季虽然出门有些难，但却是佤山的好季节。这个地方一年中基本只分旱季雨季。到了雨季，木耳、菌子、野菜都出来了，阿妈有时候会带着叶列去对面茶山帮人采茶，那些本地叫旱谷，书上叫陆稻的庄稼也一片片长满了山坡，再往后，阿爸为了驱赶那些吃旱谷的雀鸟，会用竹筒、竹竿和笋叶做成风铃，风一吹就"空通空通"地响，非常的好听，直到现在，叶列做梦的时候，都会梦见竹竿风铃的声音。

今年这个城市的雨水也特别多。

雨水多，天气就会凉爽一点。佤山的夏天也热，但早晚是凉的，竹楼里是凉的，白天坐在大青树下也很凉。但是在这个城市，热天去到哪里都是热的，树底下热，风吹来也热，怪不得几乎家家都要安装空调。叶列开始是住在店里，只有电扇没有空调。后来茶叶堆不下了，王姐就让叶列晚上去和她住，王姐租的房子不大，但有空调，冲凉也方便。

那天也就叶列一个人在家，王姐这段时间总是东跑西跑的。因为下雨，叶列关门比较早，一个人躺在床上听着外面的雨声，一面回忆着家乡佤山的景色和佤山的朋友，自然也想起了岩龙。自从那次岩龙醉酒被叶列呛了几句后，两人就一直没有见面，甚至在朋友圈中都没有交谈，但她一直在关注岩龙的情况，也知道岩龙会悄悄地关注她，知道她现在在哪里和做什么。

到后半夜，雨越来越大了。叶列想起了她们茶店那个比较低洼的位置，感觉不妙，就急忙起身，打着伞就往市场跑——这个城市的出租车本来就难打，现在更是看不见什么车辆，刚走出公寓，她浑身就湿透了，干脆就收起雨伞，那样跑得更快一点。

市场里，主要是她们这一片，已经一片混乱。叶列打开卷帘门，发现雨水已经漫进了店，叶列发疯一般拼命把茶叶往高处放。

叶列的身体很健壮，这个可能是祖先的遗传。那个妹子阿珍就曾经赞叹过：你这个体型比那些健美运动员还健美。以后嫁人，老公都不敢欺负你，敢欺负，就揍他，嘻嘻——但是搬了一半茶叶后，高处已经没有空间了。叶列只好任一些茶叶箱子就那么浸泡在水里当成基座，把别的茶叶摞在上面。

天亮的时候，水渐渐退去，电视台的记者们也赶来，拍摄茶叶市场受灾的场面，后来有报道说，估计整个市场损失了好几千万元。这个浑身湿透又疲倦不堪的佤妹也被他们摄入了镜头。然后是王姐也赶回来了，她抹抹叶列头上的雨水，说："你回去换换衣服，这里我来处理。"

叶列走出了几步，听见王姐看着一片狼藉的门面，自言自语地说："唉，真是祸不单行哎。"

这句话的意思叶列懂，难道王姐除了这次水灾，还有其他的什么麻烦？叶列当时没有问，但后来知道了，王姐被那个王老板坑了，现在王姐必须要赶回云南，去打官司、去挽救她的财产，幸好她还有一些防备，不然真的就一无所有了。

茶店和茶很快就转让了，接手的是一个本地人，叫阿威。原来在云南的普洱和西双版纳都做过电动车生意，知道一些普洱茶的行情。叶列打算和王姐一同回云南、回佤山，王姐受损失，她也不要工资了。但是王姐要她留下，并将实情告诉她，阿威转店的条件里，就是要叶列留下，至少留一段时间，因为他卖的是佤山云雾茶，缺少了佤妹叶列，他卖不动。而王姐必须拿到这笔转让费，回去才能还一些债务和打官司。不过，王姐向她保证，保持手机联系，她很快回来接叶列——虽然我不是你们佤族，但也是佤山的人呀。

　　阿威其实不威，很瘦小的一个人，话也不多，真不知道他以前怎么做生意的。王姐的房子退租了，叶列只能又回到店里住。不过，不知道是缺少了王姐的那些人脉，还是整个普洱茶的生意都不好做，茶店的生意明显清淡了。阿威脸色因为生意的清淡，变得更加没有笑意，为了帮助老板阿威，叶列开始主动联系一些以前一定要加她微信的老顾客，这些老顾客的到来，多少让茶店显出几分活气。

　　一天，快递送来了她们的货物。那是一个叶列以前没有见过的地址，不是从王姐那边的茶店进来的货。而且连着几天，都有这个地方的茶叶进来。叶列开箱看货，见是一批茶饼，但没有产地、商标这些标识，她试着泡了几泡，感觉有点不对。叶列的汉语表述，词汇并不多，因此她在给客人介绍茶叶时经常会卡壳，但这个茶叶的味道明显就是王姐说的"平庸"，弄不好根本不是普洱茶产地的茶。又一天，她做好了饭来叫阿威吃饭，却发现阿威拿了一些不知在什么地方印刷的包装纸，包在了这些"平庸"的茶饼上，这样，这些恐怕只值一二十甚至几元钱的东西，就可以标上几百上千的价格出售。

叶列想起来了，王姐曾经让她看过假的普洱茶，样子很像，也有普洱茶的味道，但只要放一段时间，这些茶的味道就没有了，甚至不能喝了。而真的普洱茶，是会越放越好喝的。叶列惊叫了一声，一头跑进了对面虾叔的店。

虾叔看到惊慌失措的叶列，不知道发生了什么事，拉着叶列就回到她家茶店，责问阿威是不是欺负了佤妹？阿威委屈地说，这个小祖宗，我打都打不过，哪里敢欺负她。

虾叔看看眼前的东西，明白了。原来你在搞假。

接下来，他们就用广东话说开了。

在这里生活了一段时间后，叶列也能听懂一些白话。虾叔在批评阿威，说他在砸普洱茶的牌子。阿威说他也是被逼的，他们真的茶还卖不过那些假的。虾叔说你怎么搞假，我们看不见就管不着，可你不应该当着佤妹的面搞假，那么纯那么干净的一个妹子，你想把她往邪路上带，你还讲不讲良心。

虾叔说的良心一词，听起来就像在说"狼心"。

阿威叹了一口气："好好好，我不搞了，虾叔，一起吃饭吧。"

后来阿威就不再动那些茶，把它们搬到了一个角落里晾着。不过叶列感觉到，不知哪天，他还会这样干的。于是，她赶紧通过手机找王姐，说自己一定一定要回来了。没多久，王姐回了消息，说那边处理得差不多，不满意也没有办法。以后可能她要和叶列一同回佤山，从他们原来的那个基地再从头开始。然后告诉了叶列预定的航班，详细地讲述了怎样到机场，怎样登机等细节，说她会在昆明机场等她。

叶列心花怒放。

虽然王姐生意受打击，但她相信王姐那样的好人会有办法再做起来，她这回也可以回佤山，看看家乡，看看阿爸阿妈、看看叔叔，看看家乡的亲人，让家乡的阳光照照她，让佤山的风再吹吹她。

临近过年，茶店里的生意又好了些。这个地方懂茶的人不少，送礼或者备一点口粮茶，就找到这里来买王姐原先的那些茶。阿威心情也好多了，知道叶列要走，就给她结算了工资，然后抱歉地说一直没有让她休息过，要不要陪她去哪里玩一玩。

叶列说，她想去看看大海。

听说叶列要回云南，虾叔也过来看望，听了叶列想去看大海的要求，连忙拍拍脑袋，说自己怎么把这个事忘记了。现在就去现在就去，今天天气正好。走吧，阿威，不做一天生意饿不死的啦。

终于，佤妹叶列站在了大海边。

这是真正的大海：蓝色的海面、白色的浪花、沙滩、礁石群、海鸟和远处的航船，比那些视频上看到的美多了。为了看海，叶列穿上了她最漂亮的一套佤族服装。这套服装很鲜艳，是王姐特地托人买的，其实是舞台上演员穿的，现实中只有节日里才有人如此装扮。叶列脱下了鞋，赤着脚在沙滩上奔跑了起来。

阿威难得地笑着，追着她拍视频，一面大声告诉叶列，以后你想回来就回来，我带你去看一些更美丽的海滩。

还在茶叶市场遭水灾的时候，岩龙从电视新闻里看到了叶列的画面，当时就发来了微信问候，然后告诉叶列，自己现在在一家演出公司做演员。如果那边不好生活，就回来，现在家乡这边就业的机会也不少。今天这个视频她要发给岩龙、发给叔叔，还有阿爸阿妈。她知道，在那些住在寨子里的扶贫工作队员的帮助下，阿妈也学会了使用手机，会看视频，女儿在大海边的画面，她会看一遍又再看一遍，然后又是一遍。

那天，这个海滩上游玩的人不少，这个衣着鲜艳笑容开朗的佤妹引起了游客们的注意，于是不少人过来和叶列合影或者为她拍照。叶列大方地配合，微笑着与他们合影。

天高、海阔。

叶列突然感到自己的心胸也变得开阔了。

神膏

听到杨俊卿杨四爷来访的消息，白二黑先是感到奇怪，但马上明白了这其中的原因。是的，白、杨两家也该往来往来了。这个时候，国难当头，他不来，我也要去找他了。

白二黑刚要起身迎接，身着长衫的杨四爷已经大步踏进了堂屋。

"来来来，坐坐坐。"白二黑一叠声地让座，然后又征求意见："喝茶还是整两口酒？"

杨四爷捻捻胡须："都是做茶人，就喝茶吧，把老白家的好茶拿出来，也让我见识见识。"

"好茶说不上，倚邦头春我还留着一点，我自己去茶山选的，那茶叶有点怪，叶片圆圆的，像猫耳朵一样，但味道扎实好，我用蜂蜡封在瓷瓶里。不知道四爷要过来，现烧涨水，要等一会儿了，不像你家，有热水壶，冲茶方便。"

"你说那个啊。"杨四爷笑了:"那还是茶叶生意好做的那几年,去省城看见了,觉得对我们做茶卖茶的有用,买了四把,马帮已经是捧老祖公一样很小心地驮运了,结果还是在界牌梁子摔坏了一把,用到现在也只剩下一把了。"

白二黑也跟着杨四爷笑了。笑过之后,他们都意识到一个问题,现在这样战乱的年头,也不知道什么时候能结束,普洱茶曾经红火的年代,怕是不会回来了。

这个边地小镇,从前清到民国,都是一个县的建制。面积不大,人口也不多,却连着几个国家:越南、老挝,距离缅甸也不远。所以位置是重要到没法再重要,一个县的建制怎么也不能再小。

县和县城都不大,物产也不多,但茶叶却是当地叫得响的大宗产品,当地几大茶山的茶叶销路都非常远。往北到省城,从那里再分流到两广或者京城;往南则通过越南的海港漂洋过海去了。这样,随着古道上那些踢踢踏踏的马蹄声,这座小城的名字也随着茶叶去到了远方。直到今天,在北京故宫登记普洱贡茶的册籍中,仍然可以找到当年属于该地的那几座茶山的名字。

后来,也不知什么时候,这个地方开始推出了一种叫茶膏的东西。

或许,这就是今天说的对产品的深加工。

首先,一百斤茶叶大约可以熬出二十来斤的茶膏,加上运输中的成本算下来了,售价也比单独卖茶更高。更重要的是,在那个年代中,茶膏不仅可以冲泡当作饮品喝,而且还是一种神奇的药品,甚至说它"能治百病"。

杨四爷家祖上制作的茶膏里就有这样的说明:能治百病。如肚胀受寒,用姜汤发散出汗即愈；口破、喉嗓受热疼痛，用五分噙口，过夜即愈；受暑、擦破皮血者，擦研敷之即愈。而在实际生活中，茶膏的作用还很多。当地人，尤其是出远门的赶马人、挑夫、猎人都会随身带一点，日常中还用来解酒、除油腻，吃东西中毒喝茶膏也有一定作用，至少可以熬到医生来救。后来，更有人发现它对一些疑难杂症也管用，这个嘛，在那个缺医少药的年代，或许也是一种歪打正着，不好拿今天的科学知识去解释了。

杨四爷家是汉族，祖上就是做茶叶生意的，当然他家还不是此地最早做茶膏的，但确实是当地最早把茶膏做成了大宗商品的茶号。鼎盛的时候，安南那边来的，内地来的马帮，就是指定要买他家的，有时候没有现货，那些人就住在当地的马店里等着他家熬制。

虽然白家做茶叶的历史也不短，但和杨家那种名门望族的架势比起来，白家则像一个后起的暴发户。白家人没有文化，早先是帮人赶马的，因不怕土匪，敢闯敢打，慢慢才做成了气候。这点从两家的宅院就可以看出来——杨家是标准的人称"走马转角楼"的四合院。后院还有专门熬膏的膏房，以及雅致的书房，杨老太爷就坐在书房那里，从古书中寻找古人熬膏的记载，研究自家茶膏的配方和熬制方法。后起的白家财富也不少，但因为镇子小，合适的地皮已经都被别人占完了，只能凑合在小城的边上盖房起楼，四合院变成了三合院，有一面院墙临路临水。不过豪爽的白老太爷并不在意什么风水不风水的，只要他的马帮进出方便就可以了。

白二黑还是小伙子的时候，感兴趣的是酒，尤其是老水牛箐那个寨子用自己种植的包谷烤制的白酒。他有钱的时候，会带几个伙伴去人家烤酒房喝酒，喝那种微带温热的头酒，一醉就是一天，甚至两天。当然，茶他还是喝的，但不怎么讲究，火塘边用土罐把茶叶烤一烤，用铜壶里的开水一冲，香香酽酽地喝，解乏、解渴。茶膏，他也知道，但那是替老板驮运的货物，白二黑尝过那味道，有点像喝药，根本喝不出茶叶的感觉。不过，按照老父亲的交代，他还是随身携带了一小块，用一个小布袋装着，就算是一个辟邪的物件吧。

有一回，此地有名的大土匪刘二刘三兄弟和拥有私人武装的富豪庚老爷家，因为多年的积怨打了起来，却把白二黑等几家为老板驮运货物的大小马帮也搅了进去。当土匪的枪弹"嗖嗖"飞来的时候，手中没有枪的白二黑第一反应就是赶紧跑，马和货物都顾不上了，这个地方的地形他比较熟悉，所以本能地跑向一处树木茂盛的石头山包，那里容易把自己藏起来躲避子弹。但没料到的是土匪也是这样想的，已经有几个土匪等在山包那里了。

或许是因为他跑得太快，也或许是土匪的枪支老旧、枪法不佳，几枪打过来都没有打中他。情急之中，白二黑翻滚下山崖，几滚几撞之后跌落到了箐底。土匪自然不会跟着跳山崖，从山崖顶放了几个石头下来，听听动静后就放过了他，忙着抢财物去了。

暂时脱离了危险的白二黑这才感到了全身的疼痛，那种疼痛，多少年以后他即使是做梦梦见，也还会一身冷汗地疼醒过来，更要命的是一条腿好像断了，他不但站不起来，一动就会钻心的疼。夜里，他想起了身上的茶膏，就拿了出来，含一点在口里，然后就着山崖间的滴水，把其余的茶膏化开，涂在伤口处，尤其是骨折的那个地方，然后又简单地包扎了一下，咬着牙熬过了一个夜晚。天亮后，他挣扎着往有路的地方爬，正好遇上了老父亲、大哥白大黑，还有庚老爷家赶来现场的救兵。

白二黑的父亲、大哥，还有几个乡亲用滑竿把他抬到了一个叫小尖山的寨子里，找一个当地很有名的接骨草医，住在他家接受治疗，这算是当年最好的住院治疗了。治疗了三个月以后他才去掉夹板勉强可以走动，在那个寨子里白二黑生活了半年多，直到土匪刘二、刘三与庾老爷两家的事情平息之后，才又重新操起了赶马的营生。

那个接骨草医同时也是猎人，平常也会在寨子里熬制鹿胎胶之类的膏药，茶膏也是他每年要熬制的东西。不过，他熬制这些膏药并不出售，只是提供给周边寨子的山民存放或者使用，当然，山民们也不会白要他的成果，家里那些鸡呀蛋呀、腊肉甚至老南瓜什么的，就是山民们回赠的报酬。

按照接骨草医的说法，白二黑这回大难不死，而且还没有落下什么残疾，那些茶膏可是起了大作用，首先是伤口后来没有发炎，没有化脓，如果是那样，就要抬到思茅那边有西医的地方才治得了，过去要十天半月的，抬到命怕早没有了。还有他含服的那些茶膏，把心护住了（这是接骨草医的原话），有本在，后来扶威就容易了。

接骨草医的话，白二黑听得似懂非懂，但他也知道，那天他多次疼得要昏迷都没有昏过去，而且还能一直握着随身的长刀，提防夜间会出现的野兽，估计就是茶膏的作用了。

刘二和刘三这次把事情闹大了，直接招致了官府镇压，最后都作了鸟兽散。地方上太平了好一段时间，白家的生意也在这一期间做大了，有了自家的商号和马帮。白二黑也因此对茶膏产生了非常浓厚的兴趣。雨季马帮不出远门的时候，白二黑就在宅子后面盖了间房子，在那里按照从接骨草医等处学来的方法，试着熬制茶膏。这一尝试，他才发现这茶膏还真不是那么好熬的：配料、煎熬茶汁、过滤、换锅熬膏，光一个火候就难掌握，最后的茶膏不是老了就是嫩了。少少地熬一点自用，或许还可以，但要用大锅成批做成商品，根本保证不了质量。

几锅做下来，看看茶膏颜色还可以，闻闻味道也马虎，可是泡出茶汤又不行了，浑浊、不亮，连自己都看不下去。那时候的白二黑还是个年轻人，几番抓耳挠腮之后，决定带着自己的作品，去找杨老太爷请教一番。

那个时候，白二黑在当地的名声已经很响了，家人就赶紧向杨老太爷通报。杨老太爷一向看不起白家这几个小子——没有文化、不通诗书、做生意也不懂商贾之道，不就是瞎打瞎闹撞上了机会赚了几个钱，没有根基，长不了。不过对他的前来还是感到有些奇怪，就传话叫他进来。

在后院的书房，白二黑看见杨老太爷的同时，还看见了一个眼熟的年轻人，想起来应该是杨老太爷的四公子，小时候也见过，后来一直在外地读书，想必是学成归来了。不过当时他们没有来得及打招呼，杨老太爷看见了白二黑手中的茶膏，就拿过去，戴上老花眼镜审视，一面就叫杨四公子去提开水来。在这一番忙乱中，杨老太爷眼中除了茶膏外，似乎根本就没有注意到白二黑的存在。一直到最后，他把盛放着用白二黑的茶膏沏成的茶汤的那个瓷碗，重重地往茶几上一放，才转身对着白二黑教训开了。

——你这个也配叫茶膏吗？四六不懂，莫倒了普洱茶膏的牌子，拿出去叫外人笑话。你以为做茶膏是煮老草药？跟你说你也不懂，这里面学问大呢，集天地之精华，讲阴阳之和谐。杨老太爷摇头晃脑地背了几段古文，然后又继续训斥白二黑——我家祖上，几代人做这个茶膏，大清国的时候，我家的茶膏是供皇上享用的贡品，但是到今天我都不敢说会做茶膏，也不敢随便起火熬膏，怕有闪失丢祖宗的脸。快拿走快拿走，喝了你这个膏汤，我起码要三天不好在。

普洱的方言中，"好在"一词有多种理解，这里是三天不舒服的意思。被训得晕头晕脑的白二黑赶紧拿起剩下的茶膏出门。杨四公子杨俊卿，白二黑刚刚想起了他的大名，把他送到大门，同时道歉说，家父年纪大了，脾气大。回过神来的白二黑也坦诚地说杨老爷骂得合骂得合，做不成好茶膏就是该骂。

讨了一顿骂的白二黑，这回亲耳听见了杨家人说他家茶膏是清朝皇家贡品的事，这才知道以前的那些传闻原来是真的。他爷爷就说过，过去杨家熬制贡品茶膏的时候，思茅那边要派官和兵来驻扎在他家，看着他家熬制，成品全部带走，一点不留，还不准透露是贡品，只说是官家采购的。有一年还派来了一个懂茶的官，现场学会了他家的熬膏工艺。据说那年之后，朝廷就不再来普洱采购茶膏，而是在皇宫里修了膏房，自己熬制了。

那个接骨草医也知道这些故事，他说，其实那是皇帝怕死，怕人在茶膏里下毒。在当地，茶膏很像现在的保健饮料，又有药用功能，所以，不少人在熬制茶膏时，都会加入一些只有他自己才知道的针对某些疾病的秘方。白二黑还见过加入了珍珠粉的茶膏，冲出茶汤来，表面会浮着有珍珠光泽般的那么一层，以此显示茶膏的价值和华贵。那么，往里面加点毒药理论上也是可能的。而且，按接骨草医的说法，真正的毒药，并不是那些什么三步倒七步倒什么的，那种放毒，就等于把投毒者自己供了出来。真正的毒药，让你吃下去在一段时间内还会感到肢体通畅、精神爽快，到死都不明白是因为什么死的。

这些故事，也让白二黑想起了那个教他熬茶膏的接骨草医，他回想了一下，知道这个草医实际上还对他保留了那么一两手，很多次在关键的时候，会借故把他支开。看来要真正学会熬制茶膏，还得再从他这里开始。

两年后，一个春茶开采的季节。

小城里出现了几个外地客人，据说是上边派来的什么专员，在地方官员的陪同下来到这个边地小县城。他们是代表国家来考察，也就是来看看边界和边地的情况，为以后与对面几个国家谈判准备资料的。他们当中有人还带着小城人没有见过的小照相机，据说这个叫什么卡的相机是从德国买来的，整个云南省只有这么一台。因此，那个照相的人似乎比别人更辛苦，拍界碑、河流走向、山垭口，连茶农祭祀茶祖的仪式也被他们拍了下来。

这些人在该县活动的经费，显然都是政府出的，但当地的乡绅也会借这个机会尽尽地主之谊，设席款待，顺便也和陪同这批专家学者的地方官员拉拉关系。杨老太爷家自然也在这些乡绅的行列，那天他很郑重地在小镇唯一能上得了台面的酒楼"得月楼"设席，席面上的菜也都是杨老太爷亲自圈点的。本地特有的黄牛肉系列：烂牛肉、爆炒毛肚、牛干巴，还有土鸡、老火腿、野生河鱼，以及这个季节特有的刺苞菜、臭菜等山菜，还有这个季节没有鲜货的干菌子、黄笋——这些美味，让外地客人，光看就直呼大长见识。

当然，开席之前，杨家照旧会亮出自家的茶膏，谦虚又不无夸耀地为大家冲泡一二。这个，就算他不拿出来，同来的商会老会长也会点着名，叫他不要小气，把藏着的老茶膏拿点出来和大家分享分享。

就在大家乐呵呵地鉴赏和品尝着杨家茶膏的时候。家人来报，说是白二黑来到了得月楼，想见见老会长和杨老太爷。

那个时候，白二黑家的经济实力在小镇已经排得上号，但是因为祖上几代都是光脚杆文盲，还列不上乡绅的名录。再者今天请的客人都是事先议过的，不好让他加入。可是他打的是来见见思茅来的老会长的借口，而且老会长和他家确实有些渊源。这样老会长和杨老太爷交换了一下眼色，杨老太爷就大方地答应：加把椅子、加副碗筷，叫他上来。

白二黑显然是做了一些准备才来的，穿的虽然是土布短打，但打扮得整洁，连平常有些油腻的头发也洗得干干净净。他见过了老会长和杨老太爷之后，又在老会长的介绍下与在座的官员和学者一一打过了招呼。这个时候大家正在欣赏和品尝杨家的茶膏，白二黑也就势打开自己带来的一个竹编盒子，说他也带来了一点茶膏，学做的，也想请杨老太爷和在座的大人们指教指教。

老会长是见过世面的，一看这个架势，知道白二黑这是"斗茶"来了，就笑着说："小伙子，杨老太爷面前你还真敢来耍大刀，那就拿出来，泡上泡上。"

白二黑从竹编盒子里拿出了他带来的茶膏，加工成了一小片一小片的方形，和杨家的茶膏样子差不多。看见这成品，杨老太爷先吃了一惊，他知道熬好的茶膏和糖稀模样差不多，要把它再加工成片状非常困难，这是他家的独门工艺，想不到白二黑这后生居然也会，而且他的每片茶膏上都有一个隐隐的暗记，这也是他一直想做但做不到的，这样看来，从外观上，白二黑已经超过了他。

老会长自然懂这些门道，他认真看样观色品味，心下也暗暗吃惊，这样的好茶膏也是他一直在追寻的，想不到白家小儿无师自通地把这其中的奥妙都参透了，做出了如此优秀的茶膏。不过，碍于他老前辈的身份和杨老太爷的面子，他不好把话说直，就捻着胡须转向那几位外来的专家学者，征求他们的意见。那几个专家显然不怎么懂茶膏，就彼此推辞，最后还是那个相机不离身的专家代表大家发言，他说自己虽然是教授，但是学地理搞测绘的，茶膏还是来到贵县才得以见识，不敢胡言乱语，这两款茶膏，他们喝着感觉彼此有一点差别，但都好看都好喝。

这个一碗水端平的表态，正是老会长想要的。他赶紧接过话题，说专家就是专家，说话公正。然后又转向在座的县长，恭喜本县又多了一份品牌茶膏，可以夸耀夸耀了。杨家的，源远流长；白家的，后生可畏。来来来，大家一起举杯，同贺同贺。接下来，在一团欢乐的气氛中，酒宴也开始了。

那天的筵席上，做东的杨老太爷一直笑呵呵地左右着席面，还接受了白二黑的敬酒，就着他的茶膏说了一番表扬的话。但从那天之后，平常很少出门的杨老太爷就几乎不再出门了，而也就是从那天以后，白家的茶膏正式进入了市场，与杨家的茶膏共分天下。那些赶马的背茶的，亮出随身携带的茶膏时，经常会有人问一句：老杨家的还是小白家的？江湖上的评价是：杨家的茶膏更正宗，味道醇；白家的茶膏味道霸，而且可以用冷水化开，适合走远路的人备用。当然，由于传统的同行是冤家的缘故吧，后来，除了正式场合——如杨老太爷去世外，白二黑备了厚礼前去吊孝；白家的红白喜事上，也少不了正式接管了杨家生意的杨四爷到场。但在私下，两家的来往就几乎没有了。当然这里面也有一个原因，杨家的生意主要是销往北边，到省城到内地，白家的茶叶茶膏主要是通过越南等东南亚国家销往海外，生意上的交集并不多。

可是，到了两家的孩子长大的时候，这个局面就被打破了，那几个孩子从小在一起玩泥巴、掏鸟窝、抓河鱼，好得不得了。到了入学的年龄，白家的孩子会留在杨家吃饭，杨家的孩子会留宿白家不归，母亲只得打着火把过来寻找。杨四爷则会通过这些孩子问问白二黑的状况，白二黑也会从孩子们那里得知杨四爷最近在忙什么。只有两个家主，就像象棋盘上的两个老将，各自经营着自己的地盘，就是不会面。

因此，今天杨四爷主动来到白二黑的家，实在是破天荒了。

孩子们一点点长大，时局却越来越糟。先是北方的张大帅、吴大帅、冯大帅在打仗，后来日本人又打进了中国，虽然这个边地小县一直属于后方，暂时平静，但茶叶生意是渐渐做不成了。做过茶叶生意的人都明白一个简单的道理，要先有饭吃才会想到喝茶，什么头春啦、茶膏啦统统当不了饭吃。不久前，越南，缅甸那边也来了日本人，马帮不让过了，白家的赶马伙计就曾经含着眼泪，把上好的普洱茶倒进了李仙江下游的界河段。后方小县看来很快也要变成前线了。

靠着以前的积蓄和做一点驮盐巴之类的小生意，杨家和白家勉强维持了生计。面对这样的局面，杨四爷和白二黑都止不住地叹息，都同时感到了年事渐高无能为力的压力。但小的那一辈似乎不甘于这样的现状，在省城读书的白家大女儿和杨家的大儿子就地投军，虽然没有上前线，但也已经参加了抗日工作。据传闻他们是一对，杨少爷当时就是追着白姑娘去省城的，不过，杨家人没有依礼上门提过亲，女儿也没有向父母点破。是与不是，都得等打走了日本人再说了。前天呢，县里开大会，上边下指标，要征三十个兵上前线，这个时候上战场，十有八九是回不来了，所以听说有的地方是用钱买的丁。可是在会上，杨家的二儿子却站出来带头报名当兵，接着，白家的一个亲侄子也跳出来响应，然后他们同辈的年轻朋友纷纷报名，这样的结果连县长都觉得非常意外。

虽然没有和长辈商量，但杨四爷也没有说儿子什么，没有国就没有家，这样的道理连不识几个字的白二黑都懂。北方人有战乱还可以逃难到南方，而这个边地小县却再没有地方可逃了。日本人要是真打到这里，那除了进山当野人之外就只有被打死这一条路了，到那个时候，有钱有地都没有什么用了。这样，他安慰了一直在哭泣的老婆几句后，就径直来到了白二黑的家。

白二黑也有三个孩子，大女儿和杨家大儿子在同一支部队，小儿子还小，二儿子在外地打理一个茶庄，不然也可能和杨家老二一样跳起来报名当兵了。不过这个带头报名从军的侄儿从小就在他家长大，和亲生的孩子也没什么两样。想来这个时候，白二黑肯定也在那里纠结，怕这个孩子有什么闪失，对不起那个已经去世的大哥白大黑。

冲泡好的茶端上来了：现烧的山泉水，用蜂蜡封在瓷瓶中的头春，经过一段时光的沉淀，生涩的青气已经消散，香味依旧还带上了少许的醇厚。入口就有一种甘润的感觉在喉中慢慢化开。不是在普洱茶名山所在之地，如何能品尝到如此佳茗。

一番赞叹之后，两人同时想到了他们今天要说的主题。

白二黑说："茶膏。"

杨四爷也点点头说："茶膏。"

白二黑说："是个好东西。"

杨四爷说："正合适。"

白二黑问："还来得及吗？"

杨四爷说："我算过了，紧是紧一点，还来得及。"

白二黑说："多熬一点，每个都有一份。"

杨四爷表示同意："还可以分点给伙伴。"

原来，知道这些他们看着长大的年轻人要上战场了，他们同时想到了熬制一些茶膏给他们带上，前线那些风风雨雨、严寒酷暑的日子，茶膏正好可以发挥作用。

"去哪里熬？"杨四爷试探地问。

白二黑爽快地决定："去你家，你那里家什比我多，那几个伙计也懂得拿火色。茶叶我出，我囤放的那些老树茶反正也卖不出去，熬茶膏成色肯定上等。"

"那就依你，现在就动手。"

白二黑说："干！你回去准备大铁锅，怕也是几年没有熬膏了，我马上叫人送茶叶过来。"

杨四爷说："我家熬膏要先把茶叶轻蒸一道，才拿去浸泡熬制。"

白二黑愣了一愣："怪不得你家的茶膏成色好看。不说了，不说了，动手！"

在动手熬膏之前，还有不少的程序得走，不过两家的人都懂行，不慌不乱地在短时间内就一一准备就绪。把初制好的茶叶放入大锅前，白二黑悄悄拿了一包用草纸包着的干草茎递给杨四爷，杨四爷戴上老花镜审视了半天，狠狠地敲了白二黑几下："原来你家的茶膏中是加了这个，怪不得味道特别。"

白二黑不好意思地笑笑："从小尖山一个老草医那里学来的，不过还真管用。"

点火之前，杨四爷虔诚地跪在了堂屋"天地国亲师"的牌位面前，捻香祝祷："禀告天地，禀告祖宗：今日起火，为吾乡壮士远赴沙场而熬制茶膏，愿膏中精华，助我中华将士，早日驱除倭寇，还我山河重光。"之后，跪在旁边的白二黑也用哈尼语参与了祝祷，他的祷词杨四爷和家人听不懂，但感觉很有力，像是一首庄严的吟唱。

火点燃了，火光的形状在两人的脸上不停地闪耀。

燃烧的木柴都是上好的栗柴，而且都是知道了此事的邻居们挑来的，说是栗柴火熬出来的茶膏更好。

他们不知道的是，几乎在同一个时刻，这块盛产普洱茶的大地上，有那么十来个县都为了同一个目的，也点燃了熬制茶膏的火焰……

五十年后，在县政协文史委员会工作的杨双双女士，拿到了一封上级转来的信件。

写信人是一位大学教师，发表过若干著作。杨双双大致看了一下目录，大多与川、滇、藏茶叶交易和普洱茶历史有关。该教师说他爷爷是个地理学者，民国时期曾经来过这个县考察，同时也在笔记中记录了不少当地普洱茶和普洱茶膏的状况，是非常难得的第一手资料。目前他也在做这个课题，在收集资料的过程中看到了一份记录，估计是日本间谍发给上司的报告，报告中说赴中原作战的滇军士兵不但装备不差，而且很多士兵都携带有一种数量不等的茶膏。据说是用普洱茶为原料熬制的，可以驱寒祛暑，治疗肠胃不适、水土不服等症状，对一些内外伤也有缓解作用，对提高士兵的生存力和战斗力有较好效果，据称最好的茶膏叫白羊茶膏……

这位教师因此查遍了他能找到的资料，没有发现"白羊"这个牌子、或者叫这个名字的普洱茶膏，所以他向这个有悠久的普洱茶膏制作历史的县求援，想知道这里历史上有没有这样一种茶膏。

杨双双是学文的，但也懂不少和普洱茶有关的知识。而且他们杨家现在还有好几个人都在做普洱茶生意，也会熬制茶膏。当年修筑川藏公路的时候，他家人还收到过任务，为筑路大军赶制茶膏，支援公路建设。但她在记忆里检索了一下，怎么也想不起有这样叫法的茶膏。不过呢，过去做茶膏的就是他们杨家和白家，而且两家一直都是姻亲，会不会和这个有关系呢？

这个得找人问问了，小尖山茶场一带，正好有她要去拜访的几个白家老茶人。杨双双看了一下桌上的台历，算了一下时间，同时把那份来信，轻轻收进了抽屉。

老人们

　　长达一周的烂冬雨终于结束了，太阳露出了笑脸，天气难得地变暖和了一点。不用邀约，老茶头、谷花茶和二挡，这三个老头几乎同时来到了小区大门口，各自找自己习惯的地方坐下，享受着阳光的温暖，时不时拧开保温杯，喝一口在家里就泡好了的茶。

　　这是一个典型的老旧小区。原先是一家运输公司的宿舍区，那些斑驳的红砖墙面和五花八门，尽力扩张着空间的防盗笼，都在说明着这个小区的落伍。事实上也是这样，那些有办法有能力的人家，早已经搬离这里，去了那些叫什么什么花园的新式小区，最后剩下的住户，就都是一些收入不高的老职工了。

　　老茶头和谷花茶本来还可以换一个条件更好的小区，因为儿子长大了要成家，就把半生的积蓄都给儿子交了首付和装修。他们也想得开：苦了一辈子，不就是为了娃娃？老两口住小房子，还省得老伴打扫不赢。再说，这里离农贸市场不远，做菜没有葱了，几步就能买回来。

大门入口处，原先是一个篮球场，现在画上白线变成了停车场。靠门卫室的墙边放着几条长木椅，是原来工会小礼堂那边抬来的，椅子脚上还印有原先那个公司的名称和编号。在长椅上坐下之后，三个老头的目光不约而同地投向了过道对面，那里也有一张空着的长椅。

沉默了一会，老茶头开了口："叫他喝茶不喝，硬要喝酒，喝烂酒，哪天不见他醉。"

二挡也说："那种自烤酒嘛，质量没法保证，和假酒没有什么二来。"

"二来"是普洱方言，没什么两样的意思。

他们说的是当年一同摸方向盘的一个老同事黄雀，一辈子爱喝酒，就在这场烂冬雨到来之前突然真的黄了、走了。关于他的死亡，医生说了许多原因，但认识他的人都明白——酒喝多了。

谷花茶也说："说来也怪呢，当年他总是酒后开车，那样的土路，泥巴路，开带挂斗的大车，从来不见他出过事。"

老茶头总结说："这家伙开车是个好把子。现在的人开车都不行，那种自动挡的小车，和娃娃玩具一样简单，还经常有人这里撞烂那里擦破的。"

二挡也说："当年我们那些老解放，那个才叫开车呢。"

一时间，三个老头都变得精神了，仿佛一下子回到了当年他们开着老解放牌卡车，奔驰在普洱茫茫丛山中的岁月。

三个老头中，喝茶历史最长的是谷花茶。还在很小的时候，他就跟着外公试着试着地喝老苦茶。他父亲是上门女婿，小时候家里生活很苦，很多时候，翁婿两人就那么无言地对坐喝茶，年幼的谷花茶也牵带着学会了。谷花茶当过汽车兵，当兵几年的生活中他要克服的困难还包括喝茶经常脱节的问题。退役回来后分配到这家公司当驾驶员，才过上了想怎么喝茶就怎么喝茶的日子，因为他茶瘾大，一般的茶叶根本不杀瘾。所以他总会选择购买谷子扬花时节采摘的谷花茶，那个时节的茶叶内含丰富，耐泡，喝着过瘾。因为他经常向人宣传谷花茶的好，久之，也就给自己得来了一个谷花茶的外号。

今天，他依旧习惯性地带着两个保温杯，一个里头泡着浓浓的谷花茶，一个里头是白开水。保温杯的盖子是杯子，他会把浓茶倒在杯子里，根据茶的浓度兑一点白开水，然后很享受地喝下去。

老茶头的外号，说起来要麻烦些。

当年公司汽修车间有一个女青工，是这些驾驶员心目中的女神。这名女工叫阿菊，长得苗条漂亮，一套旧劳保服，她穿上就是与众不同，让你不得不多看几眼。而且阿菊手还巧，她调补出来的车漆，几乎和原车漆一模一样，看不出是后补的。老茶头年轻时候也是个帅小伙，阿菊自然也是他追求的对象。可让人大跌眼镜的是，阿菊居然在众多的追求者中选择了一个老实木讷的修理工。这件事着实让老茶头消沉了好一段时间，开车连连出岔子，差一点就被领导没收了他的驾驶证。

时间过去了好多年，当年的男女青工嫁的嫁、娶的娶，各自过着平淡的日子，渐渐从青年走向了中年、老年。

年轻时候的老茶头因为长得帅和爱赶时髦，外号很多：迈克尔、拉兹、高仓健，就是没有人叫他"老茶头"。他们年轻时候，还没有普及普洱茶渥堆发酵的工艺，人们还不认识"老茶头"为何物。其实真正的普洱人喝发酵普洱茶的不多，大家还是喜欢喝绿茶、新茶。因为这里到处是茶山，一年四季都有新茶可喝，只是喝的方式各自不同罢了。

阿菊有一个女儿叫丹丹，活脱脱是母亲的翻版。长大后也到了公司上班，不过运气不好，工作没几年，公司几经改制，最后改得没有了，丹丹就和男朋友在小区不远处开了一个门面不大的普洱茶店。老茶头似乎是把对阿菊的感情又转移到了第二代身上，对丹丹从小就宠爱，她开了茶店后老茶头自然成了常客，也在这里认识了渥堆加工普洱熟茶之后剩余的那些疙里疙瘩的东西：老茶头。

其实普洱人对这种疙里疙瘩的老茶头也有一个认识过程，开始都以为是加工失败的部分、剩余物。可是丢放几年后，发现那味道就不同了，功效也多了。当时还没有这个外号的老茶头喝了一段时间之后，居然把他身上的很多老毛病喝没有了。老茶头大呼神奇，不但经常宣传普洱茶老茶头的好处，还要丹丹为他从别的茶店购买老茶头。

这外号也就这么来了，因为他也的确老了。

正当几个老头又说又笑互相揭底的时候，丹丹从外面走进了大门。平日她看见这几个叔叔大爹，总会笑着和他们打招呼，然后请他们有时间过去茶店里喝茶。可是今天她却红着眼睛，话都不说一句就低着头走了过去。

二挡奇怪了："这个丫头今天怎么了？"

了解情况的老茶头说："她那个外省的男朋友和她闹翻了，娃娃不管，分手不说，还把她的钱也卷着走了。"

一阵叹息和沉默之后，谷花茶下结论说："外省人都靠不住。"

二挡的女婿也是外省人，他马上反驳谷花茶："这样说怕不合吧，哪个地方没有坏人好人？"

谷花茶说："道理是这样，不过现在的年轻人，说离婚就离婚，说分手就分手。哪像我们年轻的时候，和谁好就是一辈子，虽然吵吵闹闹，但就是互相都不背叛。"

二挡又开始揭底了："先不要说先不要说，你还是坦白一下，当年马鹿坪的那个姑娘，你和人家到底是咋回事？"

老茶头也凑合："都老了，还怕什么，说说看。"

其实这个故事是当年公司的大新闻，车队的老人大都知道。

那年谷花茶在马鹿坪那边"倒短"。普洱不仅仅茶叶多，更多的还是树木，森林覆盖率高达百分之六十以上。很多年来木材生产是地方财政的主要来源，被人戏称作"大木头财政"，原木运输自然也成了运输公司的主要业务。"倒短"，就是在雨季来临之前，赶着把砍伐在山上的木料拉到就近的贮木场堆放，因为一下雨，伐木山上的那些临时毛路就走不了了。

公路边有一户人家，虽然是瓦房，但低矮破旧。谷花茶经常过路，却从没注意。有一天，他的车在附近抛锚，肚子饿，就想去这户人家找点吃的。可是，这户人家的贫困让他大吃一惊。老夫妻患病，几乎不能劳作，全靠一个姑娘支撑着家，能拿出来的食物就是几个红薯加咸菜。还有一天，他在半路上遇到那个姑娘背柴，一眼看去，累得一点力气都没有了。谷花茶本身是贫困山区长大的，当兵的时候，少不了帮助驻地群众做农活，这家人的情况让他心里很不好受，决定想办法帮一帮他们。

有一天，他跑完任务后，悄悄又开车回到伐木山，请伐木工人帮忙，拉了一车松头、树枝之类的采伐剩余物给了姑娘家，解决一下她家的烧柴问题。在卸车的时候，看见姑娘拿了个大碗往外走，后来才明白她是去借米准备煮饭招待自己。这样他又开始想办法，要让她家锅里也能有点东西煮。

那个时候，车队里有人偷偷开公司的车接私活，拉私自偷伐的"黑料"。谷花茶也接了一单活，但说好不要钱，要对方给他一些粮食：谷子、大米、包谷或者红薯都可以。可是在接第二单的时候，他就被公司的稽查组现场抓获了。驾照被立马收缴，隔离审查，等候处理。

说到这里，谷花茶开始向老茶头和二挡反击了："当初老子倒霉，你两个照面都不来打一下，还是人家老黄雀，搞了二两酒来和我一起划拳。"

二挡委屈了："山本太君不准人去看你，你知道山本太君那个凶恶样子，哪个还敢去。"

他们说的"山本太君"是当时公司的领导，北方人，也是当兵出身，打过仗，正直又威严，青工们见他就像老鼠见猫，能躲就躲。他叫尚立本，名字非常中国，但发音近似山本，所以得到了这样一个外号，不过他自己不知道，也没有人敢当面这样叫他。

也就是这个威严的"山本太君"亲自出马调查，又去了那个姑娘家走访，了解真实情况后，认真地和谷花茶谈了一次话，告诉他说："我们革命军人，是应该帮助困难群众，但你不能用违法的行为去帮助。由于你是初犯，又没有从中得利，这次就不处分了，让你重新上战场——多拉快跑。"

一本驾照"噗"地扔回到了谷花茶面前。

谷花茶后来才知道，"山本太君"去找了公社革委会领导，反映了姑娘家的情况，又以公司的名义给了她家一些支持，才使得这家人家暂时渡过了难关。

"山本太君是个好人！"老茶头感慨地说。

谷花茶也说："共产党培养出来的好干部嘛，不贪、不占。走的时候家里没几样值钱的东西。"

姑娘家知道谷花茶为帮助她家，给自己惹了麻烦，心里很不过意，也不知道要怎样感谢他。姑娘看到谷花茶喜欢喝茶，就自己抽空去茶山采了些茶，自己加工，晒干了送给他。姑娘的父亲虽然卧床不起，但头脑清醒，他提醒说："顾师傅（谷花茶姓顾）那个茶瘾，最合喝谷花茶。"驾驶员谷花茶爱喝谷花茶的习惯，就是这个时候养成的，谷花茶的外号，也就这样跟上了他。

老茶头说："你年年都要回马鹿坪去买谷花茶，以为我们不知道？故事怕不止这些吧？算了算了，年代久远，不追究了，熄火，拉手刹。换个故事，二挡师傅闪亮登场。"

其实，在谷花茶心中，永远不能说的故事还多。有一回他顺路带这个姑娘去镇上为父亲买药。那天下雨，路上没有车也不见人，姑娘突然栽在了他怀里，说她想做他的女人。谷花茶方寸大乱，差点把车开进了沟里，好在最后时刻还是把住了方向盘。令人遗憾的是，姑娘家虽然暂时解决了困难，但她父亲还是没有留住，最后，在一个大姐的说合下，姑娘带着母亲远嫁外地（那是说好的条件），谷花茶从此再没有见过她。

她家的旧房子荒芜了。到了改革开放的年代，她家的亲戚又在那里盖了一个养殖场。谷花茶开着儿子的车去马鹿坪买茶的时候，都会在那里停一停，看看那几棵老树，和姑娘家的亲戚打听点消息。潜意识中，他还是希望有生之年能再看当年那个瘦弱的姑娘一眼。

二挡家的经济状况，比老茶头和谷花茶要更好一点。他老婆和大女儿都很能干，女儿和外省女婿经营着一家牛肉面馆，效益不错，女儿不但把父亲家的吃饭问题全包了，买车的时候还故意买了一辆手动挡的越野，好让开了一辈子手动挡汽车的父亲，想回去看看从前那些伐木山、老车队、老贮木场的时候可以开了就走。

谷花茶评论说，那车买错了，因为二挡根本不会换挡。

三个老头一起大笑起来。

十五岁的二挡，顶替父亲当了学徒工。这里边可能有什么他们一直不知道的理由，领导直接把他派到了车队跟车，也就是说以后有希望成为青工们都想当的驾驶员。他跟的是一辆拉石料的翻斗车。第一天出车，完成任务后，工程方请他师傅吃饭，说好不喝酒的却喝上了，说好不喝醉的却喝醉了，说好不走的却开着车又走了。开到半路上，师傅突然伏在方向盘上睡着了。

二挡伸脚踩住了刹车，把师傅挪开，把住了方向盘。

接下来二挡不知道该怎么办了，这个地方是荒郊野外，丢下师傅去求救，距离他们那个点还有五六公里，天气又冷，等回来怕人冷死了，闷死了。他看过别人开车，知道油门、刹车和离合的作用，但没有试过换挡。抓耳挠腮地想了好一会，仗着年轻人的胆量，再次打着了火，试着松开离合，那挂在二挡上的车就启动了。他赶紧转动方向盘，车子就慢慢驶上了路。好在车是空车，这个路此时不会有对头车，而且还比较平坦，就这样，他把固定在二挡上的汽车一直慢慢开回了车队的点。

大家手忙脚乱地把老师傅抱下，把车子开进停车场停好，浑身紧张得冒汗的二挡看见一个老师傅手里的大茶缸——是半缸茶叶半缸水的那种，他抢过来就咕嘟嘟喝了一个痛快。这下坏了，不到半个小时，二挡就感觉脚有点飘飘然的，路也走不稳。那个老师傅看了他一眼，判定他是茶醉了——这样的酽茶，我喝都要兑水，你还敢来抢喝。

二挡一天中就有了两个新体验，一个是独自开车的体验，另一个就是喝酽茶的体验。

次日，二挡和他师傅都受到了严厉的批评，写了书面检查。不过，车队领导私下却对别人说：那小子是个开车的料。后来，二挡被送到了公司集中培训学习，驾驶技术飞速提高。通过场考、路考之后，开了一年多的教练车，又分回老车队，独自领到了一台车，成为了正式的驾驶员。再后来，公司又让他增驾，调往客运站开起了大客车。有一段时间，公司进口了几辆豪华大客车"欧洲之星"，组建了一个昼夜跑长途的车队，驾驶员都是公司精英，这里头就有二挡，那也是他的高光时刻。

二挡的故事成了公司的"历史典故"和他的外号，以及老师傅训斥那些换挡不规范的实习驾驶员的口头禅："换挡勤快点，别拖挡。""唉，你怕也是一个只会用二挡的人。"而二挡自那次茶醉之后，也品出了茶的味道，渐渐也成了一个茶不离身的老司机。第一次领到自己的车时，就央求修理工给自己的车焊了一个可以放茶缸的装置，慢慢地别的驾驶员也学起来了，公司的安全检查组也没有反对。喝茶，总比喝酒、喝酒醉好嘛。

二挡比老茶头和谷花茶小，退休的时候，也很平静，反正到年龄该退休就退休。可是，当他去车管所检审驾照的时候，人家告诉他，你这个年龄不能继续持有A照了，不由分说地给他减了驾。这下他不能接受了，因为他觉得这辈子最自豪的就是拥有一本A字头驾照。这下他才意识到自己是真的老了，以至于有一段时间非常失落，门都不想出。还是老朋友谷花茶他们几个硬拖他出门散心，几年后才把情绪渐渐地调整了过来。

A照没有了，但好茶越来越多，两样喜欢了一辈子的东西，还给我留了一样。他经常这样安慰自己。

时间差不多了，再过半把个小时，他们的老伴就会从窗户里伸出头，用生气的口吻召唤这几个不爱做家务的老头回家吃饭。就在这个时候，二挡的小儿子小四挡回来了。

小四挡是这个小区为数不多的几个大学生之一。毕业后回到家乡，在一家公司上班。年纪不小了，但成家的问题还一直挂在空挡上。这也是二挡不离开这个小区的原因，说不定哪天儿子就要成家了，得赶紧往外拿钱，这个不能没有准备。

小四挡的外号不用说，肯定是从二挡那里派生出来的，当初他的那些老工友早就说过：生个女儿，三挡；又生个儿子，自然是四挡。如果还要生，就叫五挡、六挡、最后还有倒挡，反正他是开大客车的，挡位足够用。

小四挡先到门卫室拿了一份他的快递，经过这几个老头面前时，突然告诉二挡说："我爹，你要看的老电影《平原游击队》，我已经给你下载回来了，顾大爹，走，都去我家看电影。"

谷花茶问："在小电脑上看？"

二挡说："连着客厅大电视呢，不过我不会操作。"

"走啰，抬板凳去看电影啰。"谷花茶一面手脚麻利地收起他的两个保温杯，一面像当年一样，学着电影里的音乐唱了起来："李向阳——进城，进城。"

走在他后面的老茶头也跟着唱了起来："松井的部队——滑溜溜，滑溜溜。"

老人们走了，大门口也渐渐安静了下来。

藏在茶叶里的猫

一

泥瓦匠，住草房。

这似乎已经成了一种传统。阿福打记事以来，他家就一直住草房，而且还住在离镇子很远的山脚下，不过也还算是大路边。

他不知道，烧砖瓦陶器的窑，一般要修在离人家远一点，靠山箐山脚的地方，这样取土方便，引水方便，挑柴背草也近。但这样的地方不适合建筑永久性的住宅，即使有人靠烧窑赚了钱，也只会在别的地方盖房子，烧窑的地方永远是简易的草房、工棚。

阿福家没有钱，所以一直住草房。他老家在离这里很远的地方，爷爷奶奶都在那里，以后他们还要回到那里去。但对阿福来说，住什么房子都无所谓，在这里他可以自由地在山箐里玩耍、找黄刺果、采水芹菜，或者去远一点的小河里抓小红尾巴鱼，但更多的时间则是跟在父亲的后边看他干活，学着打下手。

烧砖烧瓦是大宗活，能赚钱，不过这个要有人预定，他家收到定金才会动土起火。可是自打日本人开始在东北那边闹事以来，这地方盖新房或者翻修老房子的人家就越来越少了，阿福家只有靠烧坛坛罐罐、土碗瓦盆来维持生计，不过阿福父亲手艺巧，做的坛子没有漏气的，腌出的酸菜好吃且不会霉臭，人们喜欢买。他还会做小孩的玩具，比如一种陶制小公鸡，上着闪亮亮的釉，放在嘴边吹会响，叫作"吹鸡"，很受孩子们欢迎。

阿福没有去上学，他们家也没有邻居，所以他的小伙伴很少。在那条父亲种了一些菜的山箐尽头的茶山上，倒是还有一户人家，房子旧，但却是宽宽大大的瓦房，只住了老两口。阿福很奇怪他们的房子为什么那么宽？父亲告诉他那里原来是堆茶叶做茶饼的作坊，现在茶叶没有人买，茶也就不做了，那两个老人是在那里看茶园看房子的。

这个小镇每逢属鼠和属鸡的日子赶街，赶街的日子也是阿福家最热闹的日子，很多人会来到阿福家歇脚，找水喝。还有人会来买大小土碗、装酒的土壶、烤茶的土罐。那些买坛子的，会把稻草点燃放进坛子，盖上盖，然后观察有没有烟冒出，再决定买不买，最后多少会有一点生意。那两个老人，现在阿福知道他们是张大爹和张大妈，也会把一些用笋叶和竹篾包扎好的茶叶拿来放在他家这里，不过买的人很少。阿福还注意到，有好几个人，经常挑着大竹篮来他家买盆碗坛罐，几乎每个赶街天都来。后来他也知道了，这些人是挑瓦货卖的，或者是挑到那些没有人烧窑的地方去换米的，一个土碗换一碗米、一个土盆就换一盆米。

阿福的父亲叹息说,那些人的日子比他家苦。山路上,遇着路滑,摔一跤就什么都没有了。

阿福慢慢地开始认识了他生活的小镇,以及这个小镇的历史。

一天,那个张大爹提了一只自家养的鸡来他家,和阿福父亲对坐着喝酒,谈起了往事,支棱着耳朵在旁边听的阿福才知道,原来这个小镇,以前地处交通要道,很繁华的。赶街的时候,几里路外就可以听到小镇上空嗡嗡嗡的人声;买东西的时候,要从人头上把钱递过去。所以,镇上的那些人家一家接一家都是四合院加门面,一个个财大气粗的样子。后来,时局不稳,马帮不来了,小镇就一天天冷清了。

张大爹的东家姓陈,以前也算得上是镇子里头的有钱人家。那片茶园,还有阿福看不见的几个地方的茶园,都是他家的财产,这个茶园和这些茶,都是有很多故事的。

据说那还是有皇帝的时候,陈家原来家境也一般,他们说的那个陈家老祖还年轻,经常带着人外出做生意,因为养不起马帮,靠人挑,他自己也亲自挑。在遥远的澜沧江那边,有一个地方的茶叶在小镇这边很有名气,有钱和没有钱的人都喜欢喝。陈家老祖也经常去那边买茶回来卖。茶叶这种体积比较大的"泡货",他们是用竹筒棒棒做扁担穿起来挑,走的时候就像一个人挑着两座山。

这样的挑茶活计很辛苦,成本也高,赚不到几个钱。陈家老祖看那地方水土山形和家乡差不多,就想把那边的茶叶移栽过来。但那边的茶商也防着这招,只卖茶叶,不卖茶籽茶苗,每次他们上路,人家口头上客气,实际行动上一点也不客气地要查看一下他们携带的东西,以此来保护他们的茶叶品种。陈家老祖也不笨，聪明地把茶籽藏进了做扁担的竹筒中带了回来，在自家的园地中育苗试种。不知是这个地方天生适合茶叶种植，还是主人精心培育的结果，或是上天垂怜他们的苦心，这些茶叶居然比在他们老家生长得更好更茁壮。十几年的工夫就在这边种植成片了。

张大爹说，最早种植的那几棵"茶娘"，现在都还好好地活着，那个茶叶的味道超过了陈家原先贩运过来的那些，外观上这些茶叶的芽头上都会有明显的白色毫毛，而且不光是春茶，其他季节的茶叶也都有这个现象。习惯上人们叫这种茶为白茶，但因为陈家的白茶的芽头很大很肥硕，芽条也秀长，最后就都把它叫作大白茶，以别于其他也有白毫的茶叶。

因为这些茶叶上好的滋味和独特的外形，很快就成了很多爱茶人的宠儿，更有地方官员，精选其中上品，命名为龙须贡茶，加工后进贡给皇帝。据说皇帝品尝后也龙颜大悦，连连称赞。

在张大爹为阿福父亲讲这些历史的时候，旁听的阿福一直在想：茶叶都是绿颜色的嘛，怎么会叫白茶？

陈家的大白茶，为他家以及乡人带来了不小的收益，也让小镇的名声大震。可是，自从进入民国之后，茶叶生意逐渐萎缩了。大买主皇帝家倒台了，北方大地上一会儿是军阀开战，一会儿又是水灾、旱灾、蝗灾，然后小日本又打了进来，老百姓哪里还谈得上喝茶、喝好茶。最后连藏地驮茶的马帮也不来了。陈家的后人大都去了别的地方，改行做了别的生意。此时陈家那个大院已经空空如也，田地都租给了人家。只有一个老太太守在那里不愿离开。不久前，他们家的四小姐从省城回来，要照顾老太太。原来的茶山也只剩下一小片了，老太太没有钱付给张大爹，就把茶山交给张大爹夫妇讨生活。不过你也看得见的，茶价滥便宜，卖不了几个钱，凑合着过日子吧。

张大爹说："可惜了我们家的大白茶，这么好的东西没有人要。只有以后恢复国泰民安的日子，才会有人想起它。"他望望旁边的阿福，叹了一口气，说这样的日子他们这辈子是见不着了，只有等这些小娃娃长大。

那天张大爹喝到了夜深才走，阿福的父亲就点了一把松树明子，要阿福送张大爹一截。他们沿着窑后的山箐走去，到了岔路口，阿福把明子分了一半给张大爹，自己又慢慢地走回来。这个山箐他很熟悉，哪里有野果哪里有几蓬野菜他都知道，但夜晚的山箐，看起来还是有点阴森森的，快走到窑旁的时候，路边突然有一个动物的黑影闪过，把他吓了一跳。在那个动物即将消失的时候，回头看了他一眼，借着明子火，他看见一只猫，但和他平常看见的猫又不一样，颜色更鲜艳斑斓，张着口露着牙，凶狠地瞪了他一眼。

阿福不知道那是不是一只野猫，但那电光石火般的一眼，却让阿福记住了，也实实在在地把他吓得不轻，回到家以后心还一直在怦怦怦地跳。

阿福平时帮父亲打下手，对泥巴的了解早已经超过同龄的孩子，也会捏一些小狗小猪，长大一点之后，他还会悄悄地把自己的这些"私活"在装窑的时候也塞了进去，父亲也没有阻拦他，这些他亲手烧制的小动物就是他童年时代的伙伴，有时，他也会送给那些偶然来看烧窑的为数不多的小伙伴。自从那天看见了那只野猫的面容之后，他突然有了做一只这样的猫玩具的想法，看看那个经常会来这边割草的小女孩花花和她的哥哥会不会被吓着。

这次做的这个猫体积比以前他做的小玩具大，而且还偷偷地上了一点釉，他费尽心机才趁父亲不注意的时候把它和那些陶器们一起装进了窑里。到了出窑的日子，在窑内温度还高的时候，阿福悄悄地把猫取了出来。当他把这个玩具洗干净之后，阿福自己也看着笑了：那个东西不怎么像猫，但大致还有猫的模样，那个咧嘴呲牙的样子也不怎么可怕，看去倒有几分可爱。而且他是在父亲不注意的时候偷偷上的釉，只是随便涂了一点，烧出来以后恰好还原了野猫斑斓的效果。这个吓不住人，还是拿去送给那个割草的小女孩花花吧。

花花和她的哥哥年纪都不大，也没有上学。小小年纪就要砍柴割草的干劳动，有时候也会和阿福一起玩。阿福就带着他的玩具猫来到河边等候，同时也准备用河水再把那个玩具洗一洗。

"你拿的那个是什么？拿来我看。"一个声音从后面传来。

阿福回头，看见一个白胡子老头正凶狠地盯着他，他的旁边还有一个斜挎着手枪的男人，样子也同样让人害怕。阿福还没有反应过来，他的玩具已经被白胡子老头一把拿了过去。

"这是你家烧的？"白胡子老头问。

阿福点点头，然后又摇摇头。白胡子老头看看那个玩具猫，又看看阿福，就带着那个玩具和那个带枪的人一起走了。

阿福说："我的猫。"

白胡子老头回头说："你等着，会还给你家的。"

阿福看着他们走远了，突然有了一种闯祸了的预感，也急忙跑回家。

白胡子老头和那个人是第二天下午来到阿福家的，告诉阿福的父亲，要来你家吃顿饭。阿福的父母赶紧淘米杀鸡备饭，而那两个人则在土窑周围转来转去，察看他家存放在草房中的那些坛坛罐罐。吃饭的时候，只有阿福的父亲陪着他们，还拿出了阿福父亲平常舍不得喝的一土壶老酒。阿福知道父亲常年要"造孽",也就是踩泥巴,所以腿脚经常会疼,有时要用酒搓擦一下才能入睡。

酒喝了半壶,鸡肉也吃得差不多的时候,来者不善的白胡子老头才开了口:"老王,你来这里怕六年了吧?"

阿福父亲说:"是是,有六个年头了。"

"我们待你怎么样?"

阿福父亲说:"罗老爷一直关照,我才能有口饭吃。来来来,再敬罗老爷一杯。"

白胡子老头用手挡开了阿福父亲的敬酒:"那你怎么坏了规矩,在我的窑里烧瓦猫?"

阿福父亲说:"没有啊,我一直按照您立的规矩做活,没有做过瓦猫,有人倒是来问过,我没有接。"他的话还没有说完,就看见了白胡子老头拿出来的,阿福做的那只玩具猫。他先是愣了一愣,接过来看看,立时明白了怎么回事,气得鼻子不是鼻子脸不是脸的,大声叫阿福进来。

接下来的故事,就是白胡子老头,也就是那个罗老爷认为阿福家坏了规矩,要从这个月开始,把那些该交的租钱再加一成,如果不同意,那就请走人,哪里来就回哪里去。阿福的父亲最后也只好同意,还说了不少赔礼的感谢的话。

达到了目的之后,白胡子老头说:"唉,其实我这个人还是好说话的,看着你们家也难,连盆碗都用一些歪的,这个事情就这么过了,换别人还要你杀猪祭窑呢。那个烧瓦猫的事,你家要烧就烧吧,这个世道乱,明年会怎样,我还能不能罩住你,连我也不知道了。"

他说的倒是事实，阿福家自用的瓦盆，几乎都是一些烧制过程中受挤压变形了的成品。不好卖出去，只能自家使用。

送走白胡子老头后，阿福父亲回到草房，抱起盛着剩鸡汤的歪瓦盆，使劲甩向那些堆放破碎瓦砾的地方，然后哆嗦着找到了一根细竹鞭，抓着阿福就打。

一只大手挡住了竹鞭。

来人是一个穿着长衫的男子，他是学校的老师，阿福的父亲很尊敬他，叫他刀先生。刀先生来过他家好几次了，还帮着做活，和阿福的父亲也很谈得来。那天晚上，刀先生和阿福父亲喝着张大爹送给的大白茶，坐在平常舍不得点的油灯前，谈到了很晚。免了一顿痛打的阿福也听到了许多瓦猫和他家的故事。

瓦猫，其实就是云南独有的，应用最广泛的镇宅神兽。云南大地上很多地方都可以看到它高高蹲坐在房顶，成为镇家护院、驱恶辟邪的饰物，它的特点是造型夸张，面部狰狞，而且口张得很大，据说这样才能够大口吞噬恶鬼、大口吸纳金银。不过，云南民族众多，各地风俗不同，瓦猫也就有了不同的含义和不同的造型，有的地方的瓦猫，已经抽象得只剩下了一个符号，完全看不出猫的样子。

众多的瓦猫，也就有了众多的神秘传说故事。为了使瓦猫具备神秘力量，也多了许多的神秘说法和仪式。有的在瓦猫烧制过程中要念咒语，或者将黄纸符放入其中一同焚烧，甚至有的匠人会在烧制前将自己的血滴在瓦猫坯上，烧制好的瓦猫还要请人做法事开光、用鸡冠血涂抹，选择好日子在预先留好的位置上安放，据说这样的瓦猫才具有驱恶辟邪的能力。

瓦猫虽然辟邪，可它又会对别的人家产生不利。云南山区多，过去盖房子只能将就地形，但如果你家房顶上的瓦猫正对我家门向或者不该对的方位，那你家辟邪了，日子好过了，但却"冲"了我家，如果我家连年不利，可能是你家的瓦猫在作祟，这样引起的冲突也不少。于是，在有的地方，烧制瓦猫被认为是不道德的，而有道德的泥瓦匠不应该去制作或者不轻易制作瓦猫。

阿福的父亲在老家祖传就是泥瓦匠，手艺很精。据说他家制作的陶土茶壶，用来泡茶忘记了清洗，几天后发现那茶叶居然还没有馊。有一年，当地一大户人家盖新房，那是一套像城堡一样的住宅，外面是高墙枪眼，里头则有天井有正房别院，很是豪华。落成之后，主人发现远处有一家也是大户人家的住宅，房子的一角，正好对着他家的门向，而那家人和他家又有一些过节，他感觉心里很不舒畅，于是来找阿福父亲定制一个特殊造型的瓦猫，放在一个选好的位置，冲一冲不利。

阿福父亲家也知道烧制瓦猫的种种禁忌，一般不会为同居一地的乡邻烧制瓦猫，但那家主人在乡里势力强大，他的安排，阿福父亲不敢拒绝，只好依样烧制了一个瓦猫，主人还要他亲自安装在房顶上。瓦猫安装好后，对面的人家连连出了麻烦，生意亏损、牲口死亡、儿媳流产。他家请了"高人"一算，认定是对面的瓦猫作祟。但那家人他们也惹不起，就把火气出在了阿福父亲身上。这样他家的瓦窑、作坊，还有家人或明或暗地遭到了报复，阿福父亲家是靠手艺吃饭的一般人家，谁家都得罪不起，也没有办法和他们讲理。看看日子过不下去，阿福的父亲只好带着老婆孩子远走他乡避祸，留下老父亲经营生意，想等风声过后再回去，不想一来就是六年。

小镇这里因为好些年没有师傅烧窑，乡绅们公议后同意阿福父亲来接手那几处已经荒废了的窑。可那个白胡子的罗老爷却说那些窑都是他家的，要按月给他交例钱，而且每年都变着法加码，这回看到阿福烧着玩的玩具猫，就找了个借口，又来敲诈了一笔。

这个罗老爷是本地一个恶霸，成天带着一帮打手到处敲诈勒索，甚至在官道上私设路卡收钱，这也是本地生意日渐萧条的原因之一。连那几个大户家他也会带着人带着枪闯进去，说是借点钱要过年过节。给少了，就坐着不走。当然也有人不服，要和他斗，但最后都斗不过他，有的连命也丢了。

刀先生说："王师傅，今天这些事，你没有错，小阿福也没有错，这就是以前我给你讲过的那些道理，是这个政府腐败，是这个社会不公，是这些富人压迫穷人、剥削穷人造成的。"刀先生似乎还有话要说，但看到了阿福，就没有继续讲下去，只是转了话题问："瓦猫真的有那么神奇？以后你还烧不烧瓦猫？"

阿福的父亲气愤地说："要烧，要烧！他罗恶霸同意不同意我也要烧，还要正式地教儿子做瓦猫，就在大窑口摆上一个，辟邪。他们要再把人逼得没有活路，我也会造反的。"

那天晚上，刀先生做出了一个改变阿福命运的决定，要收阿福做学生，不用到学校跟班，可以傍晚或者晚上去他那里，教阿福读书。刀先生说："这个孩子手巧，你也教他写过不少字，以后他们生活的新社会，没有文化不行。"

从这天以后，阿福的父亲就正式教阿福做陶器了，和平时做着玩不同，从和泥开始，严格地一步一步做下去，一点也不准马虎。当然也讲过瓦猫的做法和老家瓦猫的造型，边讲边拿一团泥巴示范给他看。父亲告诉阿福，这边也有人做瓦猫，而且这边的瓦猫分阴猫和阳猫，阳猫有屁眼，阴猫没有，是拿去放在坟墓两边的，所以一做就是一对一对的。这地方也有说法，认为烧瓦猫不吉利，那个白胡子罗恶霸才不准他烧瓦猫，有人修房子请不到瓦猫，就来阿福家买一个坛子，放在屋脊上代表瓦猫，同样有大口吞噬恶鬼、大口吸纳金银的意思。

又几天后，阿福母亲为阿福换上了一套她亲手缝制的土布衣服，还做了一个书包，让他等学校放学后，自己去学校找刀先生。这样，阿福的书包里有了一本小学国文课本。阿福一直记得刀先生房间的样子，一张挂着蚊帐的木板床，书桌上摆着一排书和学生的作业本，一把旧的太师椅上放着脸盆，椅背上挂着毛巾。窗子打开用一根木棍撑着。他一直记得刀先生给他上的第一课，课本上有插图，画着一个背书包的孩子面对一位老师。

师问：汝来何事？

他答：奉父母之命，前来读书求学。

师云：善。不学无以成材。

这就是第一课的内容了，回家以后，他就着砖窑的火光，用木棍在地上描画着那几个字。尤其是他以前没有见过的"汝"字、"奉"字和"善"字，写了一遍又一遍。

刀先生时不时会去阿福家，不过父亲和他说话的时候，经常会把阿福支开，阿福去学校找刀先生的时候，父亲偶然会叫阿福带几句话给刀先生，比如——"老家带粮食来了。""大猫猫说注意一下南枭（也就是猫头鹰）。"什么意思阿福不懂，但依然会一字不落地转告给刀先生。

时间一天天过去，阿福仿佛在这段时间中一下子长大了，会在陶器坯底下写上自家的字号，学会了简单地观察窑里的火色，也终于烧制出了他自己制作的一对体型比较大的瓦猫。

二

早晨的茶园空气非常非常清新，这种清新，对当地人来说已经习惯了，感觉不到什么特别。但对刚从省城回来的陈青青来说，感觉就不一样了。这是她从小就熟悉的味道，是家乡的味道、梦中的味道。

其实，她在这个小镇生活的时间不是很多，她家在县城有茶庄，所以她是在县城上的小学。小学毕业之后，父亲把她送往省城，她大哥在那里经营着一家商号，陈青青则进了一家女子中学。

省城有许多她没有见过的东西，她也很喜欢省城的生活，但就是不喜欢那儿的空气，尤其到了做饭的时候，家家户户都弥漫着一股煤炭的味道，怎么也适应不了。

因为没有人管理，茶园有很大一片已经接近荒芜了，那些杂草野树疯狂生长，快要掩盖过那些珍贵的茶树，只有张大爹老两口管理的那一部分，因为有人打理的缘故，还展现了一派蓬勃的生机。

祖父与这片茶园的故事，陈青青一直都知道，这也是她喜欢来茶园走走的理由，她读中学的时候，也读了一些中国新文学作品和翻译过来的外国文学作品。因此，她年轻的心中一直充满着文学的浪漫。在这片茶园中行走，她仿佛看到了祖父那一辈在这里辛苦开垦台地、精心培育大白茶的身影。也就是在这一片茶园中，陈青青第一次遇见了风度翩翩的刀先生。

刀先生当时拿着一个淘米洗菜的笸箕，还有一把剪刀，像是在采茶，这些茶树由于没有修剪，都长成乔木了，他个子高大，手一伸就可以采到高处的茶。看见陈青青，刀先生笑了："偷点茶叶，还遇上了主人，运气真差。"显然，他对小镇的人和事都有了解，也知道陈青青是谁。

陈青青也笑了，顿时对这个高大的年轻人有了好感："你要是说得出这叫什么茶，以后你就可以随便偷。"

刀先生说："我查过县志，大白茶。还有白龙须贡茶。没错吧？"

陈青青看看半荒芜的茶园，叹了一口气："现在成这个样子了。"

刀先生说："人有悲欢离合，月有阴晴圆缺。这茶也会有潮起潮落的时候，你祖上引良种、造福乡里的行为是好的，现在要守住茶园、守住他们的愿望，会有变好的一天的。"

在人口不是很多的小镇，唯一一对受过新式教育的，有共同语言的年轻人走到了一起，似乎是一件顺理成章的事情，这样的事情好像在什么环境下都会发生，关键的是要有一个让他们彼此相遇的理由，可能也就是人们经常说的缘分了。真正让他们交心的，是有一次陈青青在刀先生的宿舍，"查抄"到一本关于中国共产党和共产主义的读物，正看得津津有味的时候，刀先生回来了。看到自己的秘密被发现，他表面上依然有点顽皮地看着陈青青笑，心里却在认真地思索，要严肃地和这位四小姐谈一次话了。

谈话的过程中他知道了陈青青的一些过去，她是个性很强的女子，在省立女子中学读书的时候，就多次参加过进步学生的活动。这次回到老家，一是老母亲需要有人照顾，另一个原因是有人透露，陈青青的名字已经上了某些黑名单。这下可把她大哥急坏了，生怕宝贝妹子有什么闪失，于是这个不问政治的生意人赶紧找了马帮，把她捎带回了老家。这一路上兵荒马乱的见闻，反而更坚定了她对时局的看法。即使是老家，在感受淳朴乡情的同时，她也感受到了那种"山雨欲来风满楼"的气氛，也感受到了潜藏在身边的危险。

面对刀先生，一直独行其是的陈青青，第一次有了一种强烈的依赖感和安全感，很想靠在刀先生的胸前，与他一起，一直走到没有路的地方，或者一直走到生命结束的尽头。

陈青青还发现，刀先生还是很懂茶叶的，那天遇到他在采茶，实际上是在采集标本，他有一位老师是研究生物的，对普洱茶很感有兴趣，知道他在普洱茶的产区教书，也听他说过大白茶，就委托他搞一点标本或者样品过来。陈青青小时候住在县城的茶庄里，茶叶容易吸异味，自然陈化的老普洱会越陈越香，所以才有了"阿爷做茶孙子卖"的说法，这些常识她都知道。现在陈青青在省城的大哥那里，还存放着不少的老普洱，就是爷爷和老父亲做下的。

普洱茶为什么会"越陈越香"？陈青青从来就没有去想过，刀先生告诉她，普洱茶采下，在经过晒干、蒸、压等一系列方法制作成型之后，表面上茶叶已经死去了，但实际上它的生命并没有结束。它里头的内含物，以及许多说都说不清的元素还活着，还在呼吸。这样在经过漫长的时间考验之后，普洱茶的品质会变得越来越完美。所以，那些上好的老普洱，最后显现给世界的就是如葡萄酒一样殷红、鲜艳、晶莹透亮的颜色。

从那以后，沉寂多年的陈家大院也逐渐有了人气，会有一些人悄悄地在那里聚会，听刀先生传达北方战场上的局势，商议他们眼下要做的工作。

不过，他们的对手也没有闲着。

阿福在刀先生的宿舍里，第一次遇到了那个叫陈青青的陈家四小姐。她梳着刘海儿，穿着小镇人没有见过的白色套裙，阿福以前没见到过这样漂亮文雅的女士，看得发了呆。陈青青似乎已经知道了阿福是谁，摸着阿福的头，微笑着问了他几个问题。美丽温和的陈青青让阿福一下子就喜欢上了她。也就是这位美丽的女士，后来还带他去了陈家大院，给了他两本连环画，还借给他看了几本她从省城带回来的《良友》《华兴》画刊。这些读物不但让他认识了更多的字，也为他打开了世界的大门。通过那些图画，他终于直观地认识了汽车、火车、飞机、电灯，还有男人穿的西装和那些城里女人穿的五花八门的衣服。

当时的陈青青似乎没有什么事情做，除了陪陪老母亲以外，还会经常来学校帮刀先生教书。在刀先生有其他事情的时候，陈青青就成了阿福的老师，到了后来，反而是陈青青教阿福读书的时候更多。

一天中午，阿福正在他家的草房作坊里，拿着自己制作的那对瓦猫琢磨，因为是第一次烧制出成品，他还是发现了不少工艺的不足、细节的不足，想在再次制作的时候改进一下。这时候，阿福父亲心急火燎地跑进来，叫阿福赶紧去找刀先生，有人要来抓他，无论如何要找着。看见他手中的东西，就叫他带着瓦猫，要是有人盘问，就说是来送瓦猫的。

阿福如箭一般冲到学校，没有人。他判断刀先生上茶山了，于是又从学校后面直奔茶山，跑到山坡的时候，他感觉已经有人在他身后向茶山围拢了过来。

刀先生和陈青青正在她家的作坊里，看张大爹老两口制作普洱茶，因为张大爹制作普洱茶手艺很好，刀先生想把他制作普洱茶的过程详细记录下来。刀先生知道，普洱茶的手工制作，很像民间腌腌菜，表面程序都差不多，但有人腌出来的腌菜简直就吃不成。技艺高超的师傅，就有本事让同样的茶叶呈现出不同的风味。刀先生悄悄告诉陈青青，等革命胜利之后，他会选择去学习推广大白茶等思普茶区的普洱茶，普洱茶和他的家族也很有关系，以后他会慢慢告诉她。陈家祖上能用一个品牌造福乡里，我们则更应该把普洱茶这个品牌推广到世界上去，造福更多人民。

阿福一头闯进去，喘着气，话都说不出来，只是用手指外面。

这个时候，他们听到了外面的动静。刀先生马上明白了是怎么回事，急忙要往外冲。张大爹一把拉住他，扒开堆在地上的干茶，拉起了一块地板。这个地方虽然是在茶山，但当年为了保证茶叶质量，堆茶叶的地方都铺有地板，不让茶叶落地。

地板下面有一个洞，刀先生迅速躲了进去。张大爹盖上地板，然后飞快地堆上干茶，回头看见阿福手中的瓦猫，就抢过来也捂进了茶叶堆。张大妈也在这个时间里把一个簸箕推到陈青青面前，做出正在分拣茶叶的样子。外面那些人也在这个时候冲了进来，有的扑向老两口的住房，有的冲进了作坊。

领头的显然是认识陈家四小姐的，看了看她，狐疑地问："你咋个会在这里？"

陈青青也毫不客气："我家的茶山，我不来叫哪个来？"

领头的问张大爹："看见学堂的那个刀老师没有？"

张大爹说，他们一直在做茶，什么也没有看见。领头的看看空旷的作坊，又看看地板上的茶叶，就示意手下去翻。张大爹突然大喊："动不得啊——"这时候那个手下已经翻到硬硬的瓦猫，拿起来看看说："什么鬼东西。"张大爹抢回瓦猫，重新捂回茶叶堆，气乎乎地告诉那几个人，这个茶山上鬼多，会迷人，他们专门请了瓦猫回来，念过咒的，要在茶叶里捂七七四十九天，提前见光是要遭背时的。说完立马对着茶堆跪下了，口中还不停地念叨着什么。这个时候，张大妈突然倒在了地上，昏迷不醒。陈青青赶紧扶着她又掐人中又叫又喊，作坊里一派大乱。

领头的看看这个阵仗，又看看空旷的作坊，估计这里头也藏不住人，头一歪就带着人又到外面搜去了。那个翻出了瓦猫的家伙，刚出到院门外就摔了一跤，崴了脚，一只脚落不了地，只会一跳一跳地走。后来问张大妈，她也说不是装的，看见他们翻茶叶，生怕刀先生被发现，一急就昏倒了。

莫非他的瓦猫真的有灵气么？阿福想。

一个多月后的一个夜里，小镇响起了一阵枪声。天亮以后，镇公所原来的那些官和兵都不见了，镇里来了很多戴红五星八角帽，穿灰布军装的队伍，阿福父亲说这是共产党领导的队伍。指挥部就设在陈家大院里，阿福家土窑这里是进镇的大路口，也设了一个岗哨，白天晚上都有人站岗，有时还是双岗。

更多的队伍又来到了这里，准备向县城开拔。

刀先生也在队伍中。阿福看出，刀先生以后就是这个小镇的头儿了，他领着人写标语、开大会、动员群众、组织民兵，很忙。阿福的父亲也参加了这些活动，很积极。最让阿福开心的是那个白胡子恶霸被这支队伍抓了起来，推上了斗争大会，他原来的那几个打手缴枪的缴枪、逃跑的逃跑，都消失不见了。

斗争大会上，有好几个人都上了台，当面控诉白胡子罗恶霸的罪恶，有一个老妈妈是被扶上去的，说到自己的儿子被罗恶霸杀害时，当场就晕了过去。现场的群众愤怒地齐声大喊："枪毙恶霸，枪毙恶霸！"阿福也跟着喊，心里盘算着，要怎样才能把他的玩具猫要回来。

后来，带着机枪的大部队开走了，几天以后，有消息说县城已经被占领。小镇这边只留了一支队伍，叫区小队。阿福听刀先生对阿福父亲说，政权是建立了，但万事开头难，工作还多。现在上级要我们帮助群众恢复生产、恢复生活。那些群众最关心的土地问题什么的，还得等上级的政策下来。这里嘛，属鸡属鼠赶街要赶起来，你的大小砖窑也要让它冒起烟来。

阿福父亲笑着说："这个没有问题。很快要到年底腌腌菜的时候了，坛坛罐罐还是有人要买的。以前受够了地主恶霸的气，现在是公平交易，我也要真正地为自己烧一回窑了。"

最让阿福开心的是他终于正式坐进了学校教室，同学中还有花花。因为他年纪不小了，所以被安在最高的那个年级。刀先生已经没有办法继续回到学校教书，老师就变成了陈青青。又因为没有新的课本，教材也是陈青青和刀先生编的，就直接写在黑板上叫大家抄。

阿福终于知道，他的国家叫中华人民共和国。

不过，阿福也有不开心的事情。因为他看见，区政府那些没有穿灰布军装的工作人员中，有一个就是曾经要去抓刀先生的那伙人中的一个。他把这个事情告诉刀先生时，刀先生摸着他的头说："好小子，革命警惕性还不小，要得。"然后对阿福解释说，共产党有政策，只要他们放下武器，接受了改编，像以前我看你们打仗玩一样，就算是"一头"的人了。

事实证明，阿福的担忧还是有道理的。

小镇渐渐平静了下来。已经学会看油印报纸的阿福知道，省城和平解放了。南下的人民解放军已经进入了他的家乡。听说有不少国民党的军队，要经过他们地方向境外逃跑。县大队已经奉命去参与阻击他们的战斗。又过了一段时间，区小队也开拔了，说是要去一个地方整训。

后来发生的事情，当地的志书上也有详细的记载。

当地一直有好几支地霸武装，势力还不小，各自控制着一方地盘，和土皇帝差不多，像那个白胡子罗老爷，在他们面前也只能算个小混混。因为迫于形势，或者是想投机，这些人先后都同意接受中共地下党的领导和改编。党的队伍虽然对他们进行过政治教育，也从组织上对他们采取了必要的防范，但其中的一些顽固头目、无法改造的社会渣滓，仍然串通起来，趁我们大部队不在的时候，突然在多处发动了叛乱。

小镇上的枪声刚响，阿福的父亲就从床上跳了起来，接着阿福和母亲也很快起床下地，阿福的父亲手提一把劈柴的斧头，听了听枪声的方向，说了声"不好"，就开门带着阿福和妻子跑出来。阿福发现父亲身上不知什么时候已经变戏法一样背上了一个包袱。显然，这个常年在他乡滚打的手艺人，对意外情况一直有防备，今天正好都用上了。

又是一声枪响。夜色中看见一个人一面叫着阿福父亲的名字，一面一拐一拐地跑过来，来到他们面前就摔倒了，是刀先生，看样子是受了伤了，而且伤得不轻。刀先生急促地要阿福父亲赶紧去老熊坡找区小队报信，告诉他们李大头的那些人可能全都叛变了。阿福父亲看着受伤的刀先生，一时有点左右为难。

刀先生急了："你也是他们要杀的人，赶紧去，我挡住他们，去去去，去完成任务。"

枪声人声更靠近了，刀先生对着一个黑影又开了一枪。阿福父亲横了横心，带着阿福和阿福母亲，从窑后一条只有他家知道的小路跑了。黑暗中，他们听到很多枪声，似乎还有枪弹从他们头上飞过。母亲没有经历过这样的阵势，很快就跑不动了。父亲叫阿福赶紧一个人先跑，去找区小队的人报信，他和阿福母亲在后赶上。

阿福认识去老熊坡的路，他借着微弱的星光，跌跌撞撞地朝前跑去，很快就跑到了山头上，他喘着大气，回头看了看山脚下坝子边的小镇，那里的枪声已经没有了，但他家的砖瓦窑那个方向却燃起了熊熊的大火，映红了小镇的夜空。

三

1992年，已经退居二线，准备办退休手续的县民政局老局长王庆福，也就是阿福，接到了一个电话，是他小时候生活过的那个小镇的镇长打来的，告诉他陈青青老师去世了。事情很突然，本来人一直都好好的，没有什么征兆，就那么静静地过去了。不过她以前就交代过，一定要等你回来处理她的后事。

阿福闻言大惊，赶紧给新局长打了电话，说明了情况，无论如何请他给自己派个车，他要马上赶回去。

县城到小镇的路正在改造柏油路，暂时不太好走。在时快时慢的颠簸中，当年的往事，一幕幕又重现在阿福眼前。

那回地霸武装的叛乱，很快就被平息。这些曾经称霸一方的人物，实在太高估自己，没有几天，就在主力部队的合击下，被击毙的被击毙、投降的投降、逃跑的逃跑。当然，逃跑的那部分，也只有少数几个头目逃到了境外，其余的相继落网。不过，他们还是给当时刚刚建立的新政权制造了不少麻烦，有好多个在基层工作的干部和群众骨干被杀害，刀先生的名字也在牺牲者当中。

中了枪的刀先生一直据守在阿福家的草房里，叛匪不敢进去，就把房子点着了，刀先生打完了最后一发子弹，大火中还听见他在高声唱歌，见到这样视死如归的人，叛匪中有人竟因此被吓得打抖。

阿福知道他唱的是《国际歌》，这是刀先生最喜欢的歌，一个人的时候，他也会在宿舍小声地唱。

陈青青之前到县里参加一个教师培训班，领取一些上面发来的油印教材，因此逃过一劫。听到刀先生牺牲的消息，她当场就昏了过去。醒来后要求打开棺材看一眼，但因为刀先生的遗体已经烧得不成样子，代号叫"大猫猫"的领导坚决不同意开棺。等陈青青再次醒来，刀先生已经下葬，因为当时的条件，坟墓没有砌石，也来不及立碑，坟前只放了一个瓦猫，也就是当初埋在茶叶堆里的那个。

阿福的父母没有回来，他们在与区小队会合之后，决定直接回老家。一是挂念双方的老父母，一是知道老家也打倒了那些地主恶霸，穷人不再受欺压，他们可以扬眉吐气地回家了。阿福则被"大猫猫"派去协助运粮队，从此一直留在了革命队伍中。

此时，在颠簸的山路上，阿福才真正意识到，四十多年，近半个世纪的时间就这么过去了。

队伍离开小镇的时候，"大猫猫"征求过陈青青的意见，问她要不要和他们一同走。陈青青没有答应，她决定不走了。这里有她家的茶山、有老人还需要她送终、更重要的是刀先生已经永远留在了这里，她要在这里陪伴着他。就这样，她留在小镇，成了一名普通的教师，直到最后。

阿福后来的经历则更复杂一些，起先跟着队伍参加过一些剿匪的战斗，取消供给制划归地方后，因为年轻，抽调去做过不少临时性的工作，组织为了培养他，也让他去参加了各种学习培训。他自己总结就是：跟着走，学着做，最后到带着干。这个过程中，最有戏剧性的故事就是在后来的工作道路上，又遇到了当年在他家砖瓦窑附近割牛草、掏猪食的那个小姑娘花花。

又是一段顺理成章的姻缘。当花花第一次跟着阿福回老家拜见老人的时候，阿福故意不介绍花花的身世，不料阿福的父母一眼就认了出来。阿福的母亲就像是见到了多年失散的亲生女儿，拉住花花的手眼泪直流，说当年看见花花和阿福玩的时候，她就想过，这姑娘以后给我家做媳妇该多好。

因为花花，阿福申请回这个县工作，这样也有了机会回小镇看望那个又是老师又是大姐的陈青青。阿福感觉得出来，他人生中每往前走一步，陈青青都由衷地为他感到高兴和骄傲。就连花花生孩子的时候，陈青青也第一个赶到县城，还带去了不少当时很难买到的营养品、副食品。当阿福看着陈青青日渐老去的容颜，询问那个问题的时候，陈青青则笑着回答：这个问题问的人多了，做媒的也不少，你就不要再问了，我现在这样就非常好。

陈青青一直在小镇教书。当了大领导的"大猫猫"也去看过她，问她有什么要求，可以提出来。但陈青青也笑着回答，没有没有，这样已经很好了。

唯一的一次，是在困难时期，粮食不够吃，有人想把那些不值钱的茶园砍掉，改种粮食。陈青青为这个找到了阿福，也找了县里的领导。第一次提到了刀先生当年要她保存好祖宗留下的财富，将来好发展经济的托付。

　　好几个老同志都证明，这话刀区长说过，也都认为眼光要放长远一点，这个地方的品牌，还是要保护。

　　陈青青的灵堂设在陈家的老院子里。

　　这个老院子一度被充作公房，后来又根据政策发还了给她，但陈青青又把它捐赠给了镇里的茶叶协会，改成了大白茶历史和产品的陈列馆。她之前一直住在学校的宿舍，为了不打扰学校的学习秩序，根据她的意愿，把灵堂设在了这里。这个小镇，现在至少有一半人都是她的学生，所以吊唁的人多得不得了。人们似乎也一直把阿福视为陈青青的亲人，一直等到阿福来到，才动手安排遗体入殓。

　　阿福忍着眼泪，一面指挥场面，一面抽空看陈青青留给他的信，想知道陈青青还有什么特别的嘱托。信是用碳素笔写在信笺上的，字迹娟秀，毫无凌乱，足见陈青青当时心情之平静。

　　庆福吾弟：

　　入秋以来，常梦见先生邀我去茶山漫步，先生音容笑貌，一如当年。醒而思之，恐我与先生再相聚之期不久矣。故写此一札，将吾之后事，全数托付于弟。

　　我与先生之交往，弟当最为了解。此生无缘与先生结为连理，但人生得一知己，足矣。当年，先生为我讲茶，说普洱茶被采撷离枝，但生命却没有停止，依然会在漫长岁月中完善着自己的品质，想亦是先生精神之写照。如今国家富强，吾乡亦百业兴旺，先生当年之理想悉已实现，我能亲见，并于灵前告慰先生，幸甚。

我自知不能也不配归葬先生之陵园，故请求在陈家茶园后梁子安埋吾骨，一是其地有祖上所遗之茶树，二是纪念当年与先生之初遇，三是能与先生之陵园相望。望弟玉成此愿。

吾一生恬淡，无钱财积蓄。老宅已赠，所遗个人物品，均由吾弟处置。唯有一瓦猫，想是弟当年所制，当时一对，其一在先生墓侧，此一望能安放于我灵前，切记之。另有先生当年之手札、书籍，也望能与我长相伴。

谢共和国、谢家山、谢乡亲。吾去也。

姐　陈青青

阿福，还有在场的镇领导、学校校长相继看完陈青青的遗嘱后，一个个沉默无语。最后，还是镇长——他也是陈青青的学生，抹了抹眼泪说："刀先生的笔记，还有签了名的书籍，应该属于革命文物了，这个要请老师原谅。其他的，就按老师说的办吧。"

安葬的仪式完成之后，因为墓碑和镶砌在坟墓周边的石料还在定制中，坟前只是简单地用几块砖做了一个墓门。阿福打算另外选一个日子，再来把这些事情完成。

一阵细细密密的鞭炮声响了起来，送灵柩上山的人们开始往回走了，阿福留在最后，他要亲手把那个瓦猫安放在陈青青墓前。他当然不会忘记这对瓦猫和相关的故事。当时他才开始学做，可是连自己都没有意识到，无意中把两只瓦猫做成了一只男猫一只女猫的造型——当地是这么称呼公猫和母猫的。陈青青可能发现了这一点，就把其中的一只悄悄地留给了自己。当年阿福还去他家草房的灰烬中寻找过另一只瓦猫呢，原来陈青青那个时候就已经打好了主意，要与刀先生相守一辈子了。

在几年前重新修缮烈士陵园的时候，有人觉得刀先生坟墓前的瓦猫，有点像搞封建迷信的样子，想把它去掉，但更多的人认为这是当年下葬的时候就有，而且还是他的爱人亲手安放的，应该保留，这样才又保留了下来。在安放瓦猫之前，阿福悄悄拿了一小撮水泥，按照本地习俗把瓦猫的屁眼封住了，这样做的时候，他很细致认真，仿佛又变成了当年那个拿着泥巴，学着捏制小狗、小猪和瓦猫的小男孩，小手艺人。

安放好瓦猫，阿福站直了身体，望了望小镇的四围。当年他家的砖瓦窑一带，现在是一个有规模的砖瓦厂，高高的烟囱正缓缓地冒着烟。那些曾经的荒山，现在也大都开垦成了现代茶园，青青绿绿地环抱了整个小镇。泪眼中，阿福仿佛看见，年轻英俊的刀先生和美丽温柔的陈青青，正携着手在茶园中漫步，脸上洋溢着幸福的光辉。

进城的老树

听说守门的老查昨天晚上突然"不在"了的消息，老曹心里一下子空落落的，呆呆地看着小区的门卫室发愣。来代替他值班的那个年轻人不耐烦地回答了老曹的问题之后，就自顾自地玩起了手机。老曹提着用矿泉水瓶装着的包谷酒，茫然地出了门，好一会儿他才发觉，自己在下意识地往广场绿化角的那棵老树所在的方向走。

老曹来到这个城市三个年头了，认识老查也同样有三年。虽说老查比自己要大几岁，但一个熟识的人就这样走了，让老曹也感到了一种挡不住的伤感。

老曹进城是被动的，直接说是被二姑娘逼着搬进城市的。

老曹的老家在一个离这座城市很远，而且偏得不能再偏的小寨子。说是寨子还抬高了那地方。总共就那么几家人，几摆田几块坡地。房子后面几步路就是密密的杂木林，家里养的鸡经常会被林子里窜出来的黄鼠狼、野猫叼走。还发生过母猪被野猪拐走，过一段时间居然带着一窝小野猪回家来的事情。到最近的集镇去买盐巴要走一天山路，通公路也才是最近几年的事情，因为山大沟箐多，到现在都还经常滑坡、塌方、断路。

这些都不说，主要是那地方太穷了。过去粮食不够吃，掺野菜果腹是常事，一年到头见不到几文现钱，病了弄点草药熬熬，晚上照明靠火塘火和松明。到了后来，国家改革开放，山村通了电，不再吃不饱饭了，但苦了一辈子的老曹夫妇也落下了一身病，力不从心，从早做到晚的农活，眼看是搞不动了。

老曹有好几个女儿和儿子，这几个娃娃是老曹的骄傲，也是远近寨子人们夸奖的对象。娃娃们长大后都离开了这个家，在外面的世界里找到了自己的位置。其中最能干的是二姑娘。

二姑娘读书的时候，正是老曹最困难的时光。他想尽办法把姑娘送到了县城的中学，在商店里，他给姑娘购置了一个在学校少不了的洗脸盆，一块新毛巾和一块香皂，然后嗅着香皂的味道鼓励姑娘——好好读书，以后能够当个供销社售货员，闻着这样的香味领工资，也过几天好日子。

姑娘读书的日子也是够苦的，从家里带去的一床被子，因为棉絮太旧，已经折叠不成形状了，后来是一个家境还可以的同学要转学外地，悄悄把自己的被子留给了她，她这才第一次有了一套像样的铺盖。可是，穷虽穷，姑娘读书却一点不输人，毕业参加工作，有了不多的收入后马上反哺家里，还承担了小兄弟的上学费用。只是这个豆腐心的女儿天生一张刀子嘴，做事又自有主见，她的生活道路、她的事业什么的老曹根本就不敢过问。

几年前老曹发了病，因为没有电话，交通不便，直到二姑娘赶回来，才赶紧找人找车送城里医院，差点误了治疗。这以后，老曹的二姑娘就有了把父母接到城里的想法。

这个刀子嘴豆腐心的女儿，当面敢指责父母的不是，但又最孝敬父母。当年，父亲把她送到学校，分别时父亲除了那张车票外，几乎把身上的最后一个钢镚都塞给了女儿。那个时候，二姑娘哭了，她知道父亲下了车之后还要走大半天山路，如果有什么耽误，就得饿着肚子走在路上。看着父亲的背影，二姑娘发下誓言，以后日子好过了，一定要好好孝顺父母，也让他们过上好日子。

她向其他几个兄妹说了自己的想法。

现在的老家，虽然温饱不是问题，但农村和城镇还是有差别的，生病了不方便，但更主要的是现在兄妹都长大成家了，不需要老人来供养，二姑娘决定要把老人接来城里养老。老家喂了一辈子的猪，不喂了；养了一辈子的鸡，不养了；种了一辈子的田地，不种了——转租给旁边的亲戚。城里老人老了以后可以去健身休闲旅游疗养，农村的老人为什么要一直操劳到断气？现在儿女们有了这个条件，就应该把自己的老爸老妈接来，想吃什么就买点什么，老人能吃多少？平时也可以去广场遛遛，不会跳广场舞，可以看看那些经常在广场跳笙的农村打工人。去外国旅游还没有那个条件，但去去周边县市，到他们没有到过的本地景点走走，没有问题。找找那些熟识的医生，咨询一下老人的保健，让老人幸福地多活几年，也做得到。你们的意见？

兄妹们一致同意，当然也不敢不同意。二姑娘霸气的决定，本来就在理，没理由反对。这样他们就共同贷款在城里购买了一套不大不小的房子，简单装修了一下，又购买了几样必需的家具厨具。过年时约着一起回了一趟老家杀年猪，然后带着刚腌的腊肉，在乡亲们羡慕的眼光里，老曹就这样变成了城里人。

他们的车上，只带走了老曹的水烟筒、一些用惯了的碗盏、一袋自家采制的茶叶，还有一些被褥和衣服，都是这几年二姑娘买回来的。那些农具、笨重的家具什么的，二姑娘手一挥，不要了。所以，一路上，老曹都在想念他用了半辈子的犁头、踩耙，老曹的老婆则记挂她刚撒的菜秧，还有种下不久的石榴树，会不会没有人浇水死掉，但随着城市的临近，他们也就什么也不去想了。

进城的第一天，因为要打理那些老家带出来的东西，没有时间做饭，晚饭就在旁边一家小饭馆里吃。二姑娘特地叫来了两个也在这个城市生活的亲戚，还喝了点老家带出来的酒。到睡觉的时候已经很晚了，但老曹怎么也睡不着，他泡了一杯老茶，坐在床沿边，想起老家现在空荡荡孤零零的老房子，这个时候是后山那些山东西（野生动物）开始上夜班了，山林很静，但夜猫子的叫声会传出很远很远。看着窗外城市上空整夜不灭的灯光，听着街上那些不时驶过的汽车声音，老曹想起了很多很多的往事，直到天明。

老曹原来是寨子里唯一一个识字的人，他父亲解放以前在一家地主的马帮队里当过马锅头，因为要记账记货，也逼着认了不少字。老曹跟着父亲，也学了些文化，在大集体时代，还当过记工员。本来这些寨子过去就一直贫穷，穷到土改划分阶级的时候都没有评出一家地主富农，现在就把老曹当成了"斗争对象"。因为受歧视，寨子里待不下去了，老曹带着老婆孩子，搬到了更偏远的，后山墙外就是密林的地方，撑着瘦小的身躯，硬是盖起了一间不漂亮但可以遮风挡雨的房子，养育大了一堆儿女。

老曹以一种向前看的姿态，把孩子一个个送进学校，他也知道孩子在学校里会因为他的"政治问题"受气，但依然瞪着眼睛嘱咐孩子们，要他们听老师的话，好好读书就是。他的见解果然有些高明，后来孩子们在一些人嫉妒的目光中，考进了中学，考进了中专，分配到了工作。老曹也因此在老婆面前自傲，但老婆却不怎么买账。

老曹的老婆不识字，但对寨子周围山水林木的认识，几乎达到了森林中那些野生动物与大自然合为一体的境界。要下雨了、蕨菜发了、菌子出了、今年天干或者雨水多，她几乎都会提前知道。老婆说要下雨了，老曹说这么辣的太阳下什么雨。可是老曹刚把萝卜干晒出，天上就下起了瓢泼大雨，弄得老曹狼狈不堪。老婆数落他说，不要以为你认得几个"狗脚迹"就了不得了，没有我，你吃"屁"。如此种种，老曹在家中就只好跟在老婆后面听老婆安排，种瓜就种瓜，种豆就种豆。可是住进了城市之后，老曹发现因为自己识字，老婆不识字，他在家中的地位马上有了变化。

老曹的老婆寨子生寨子长，几乎没有进过城。二姑娘知道母亲的根底，向单位请了几天假，培训母亲在城市生活的ABC，第一课是如何使用马桶，母亲好奇地操作了几次之后，向女儿提了一个问题。到了热天那个大粪蛆会不会从这个管管爬上来。女儿一面解释一面笑得几乎岔了气。　母亲最终还是没有搞懂这个问题，只是发现了很多东西都可以从马桶里用水冲下，于是就将白菜帮子、蚕豆皮什么的都倒进马桶里用水冲。终于有一天，整个单元的卫生间下水道堵塞，最后还是二姑娘请来了工人疏通，同时把母亲一顿好骂。还有电磁炉，这种不用烧柴火的"灶"，二姑娘一个键一个键地教她使用，但老曹的老婆怎么也玩不懂，几个月下来，炉子就烧坏了。于是又买一个，不过这些产品更新太快，原来的那种款式已经没有了，新买来的更智能更难操作，于是再坏再买……

老曹因为识字，很快就根据说明书，把家里电器的操作都搞懂了。二姑娘很忙，基本没有时间坐在沙发上看电视，一天回家，想看看进门时父亲正在看的那个节目，却不知道怎么操作。老曹知道女儿要找什么，就告诉她按一下遥控器左边直直数下来第四个键，原来那个台就回来了，连二姑娘也觉得惊奇。二姑娘不回来的时候，老曹就充当了教练，在家里指挥着老婆——按第三个，喔喔，锅太辣了，按朝下的箭头，看数字1200，合适了合适了，炒鸡蛋得了。在街上也是这样：前门上，一个人丢一元钱。记不得地方你记住，停四次车，就到了小老老（小儿子）他们上班的地方，旁边是公园。

二姑娘知道老人是闲不住的，想找点什么事情让他们做，报酬是其次，主要是让他们动动身子。不过还没有去找人，两个老人却给自己找到了一份工作——在逛街的时候收集饮料瓶、纸板什么的拿到收购废品的地方卖。开始去卖的时候，老人似乎还有些害羞，但外地老板看看他们手中的东西，也不说话，就丢给他们少则两元，多则四五元，慢慢地也就成习惯了。老曹一算，这个捡废品的活，比在老家养猪还合算。他大前年养的猪，除掉猪苗和饲料成本，还不算柴火、青饲料和人工，一年下来，一天只合八角五分二厘，这个呢，早上出去走走，下午就变现钱了，划算。

不过，在他们一天天变成城市人的同时，有些习惯始终无法改变。老曹喜欢边看电视边在客厅里抽水烟筒，这样，不但烟筒水沥在地板上留下一道道污迹，家中还弥漫着一股难闻的烟丝味；出门归来，不换鞋子就那么直接走进家。后来被二姑娘骂多了，估摸着二姑娘要回来，老曹就溜到阳台上抽水烟筒，老曹老婆就赶紧擦拭那些地板上的污迹。只有一个习惯改不掉，就是不随手关门。说在农村只有人不在家才关门，城里人像螺蛳一样，回家就把自己关在家里。后来有人来找老曹家，小区的人就会告诉他：这个单元四楼上去，开着门的那一家就是。

快七十的老曹夫妇终于享受到了城里人一样的退休生活。米和油孩子会买回来，电费水费二姑娘会交，买菜就去农贸市场，什么菜好吃这个他们很在行，慢慢也知道什么时段菜会便宜。一年下来，两人明显胖了、白了，咳嗽和咯痰的声音基本没有了。过去在老家，他们就是凭着这种声音，知道对方在灶房还是在菜地或者出门回来了。

当然也有无法砍断的心结，就是那份对老家的怀念。

一空闲下来，两人就会说起关于老家的话题：老曹说他的那摆田，他多年下力气打整的，那么肥那么通人性。还有他家的那几棵茶树，那种味道才叫是茶，比二姑娘买来的那些用盒子装的茶叶好喝多了。唉，这辈子就是没有教出一个会种田的娃娃。还有他的牛角踩耙……老曹老婆也说：那个房子泡一两个雨水（雨季），晓不得成咋样了。还梦见房子后边那几棵番石榴，年年结果的，农贸市场卖那么贵，我们不在树就死掉了——后来证明她的梦是真的，那几棵不用浇水施肥不用管理的果树，老曹夫妇离开的次年就枯死了，树也有灵啊。有一回，二姑娘决定回老家一趟，去办理新农合什么的手续，顺便带父母回去看看老家。老曹激动得提前几天就做准备，甚至做出了细致的规划，先到哪家看看，再到哪家吃一顿饭，再和二狗兄弟喝两口酒。

结果因为过于激动，临行前突然病了，起不了床，只好取消计划。

春节期间，一个亲戚进城来看老曹，说了许多关于家乡的事情，最后说到二狗的老母亲"不在"了，差一点就九十，埋在老熊梁子半坡。老曹就奇怪，怎么还可以土葬，不是说都不可以土葬了？亲戚说，说是说了，但我们那地方太偏太背，也就没有怎么管。听得这个消息后，老曹两口子又有了一个新想法：是不是把老房子打整一下住回去，城里的福也享得不少了，死了就在以前他们看好的地方埋下，这城里要火化，想想都害怕。于是就转弯抹角地在二姑娘面前试了一下口风，二姑娘一听脸就放下来了：回什么回，活一天就好好地活一天，死死死的话她不想听。再说，死了以后的事情，你想管也管不着。又后来，老家传来消息，路面已经整成水泥，四季保通了，所以人死后也都要送火化，进公墓。是村规民约也是硬政策。老曹若有所失，也就再没有提起回老家的事了。

针对二老最近情绪上的波动，二姑娘召开了一个家庭会议分析原因，间接不点名地批评一下最近没有经常来看望老人的兄妹。最后是她那个"三锤打不出一个屁"的小兄弟说出了缘由，他认为父母是在"饿伴"。

"饿伴"是方言，翻译成普通话大概是需要朋友的意思。

一句话提醒了二姑娘，在这个几十万人不大不小的城市里，老曹夫妇认识的朋友太少太少。老人不会像她那个小兄弟，成天在互联网上交友、在现实中与人结识，一次有组织的郊游就会认识一大堆哥们姐们。二姑娘想了想，决定从繁忙的工作中"拨冗"，联络一下在这个城市的老乡，找几个和老曹夫妇年龄相近经历类似的老人，至少让他们有个说话的伴。这一留心，二姑娘惊奇地发现，门卫室那个老查原来是他们老乡，虽然不是一个村，但相隔不太远。后来老曹和老查聊起来，原来他们还有几个共同的熟人。聊起家乡杀猪过年的风俗、娶媳妇嫁姑娘时候跳笙的往事、上山寻找野生蜂蜜的经历，两人说得滔滔不绝，简直停不下来。有一次，小女儿回来，拿出一瓶酒孝敬老曹，老曹看也不看，连盒子一块带着就找到了老查，老查一看，这个是好酒啊，然后就叫对面小饭馆炒一盘牛干巴来，酒瓶有防伪的机关，两人还费了些工夫才把酒打开倒出来。两人又喝又聊很是快乐，中间还哼了几句家乡的小曲——葫芦抽藤开白花来哎，三月六啊。

等到老曹老婆来找他回家的时候，一瓶酒已经喝完了。

小女儿说，那酒是八百多一瓶的，你那么随便就拿给人喝掉？

八百多！老曹吓了一跳，那要捡多少的饮料瓶子啊。不过他很快又释然了，好酒就是要和对脾气的人一起喝，值！

老查年轻的时候就出去当兵了，退伍后在小镇一家小工厂当工人。后来工厂倒闭，老查属于职工中的"老人"，按老办法算退休，但一个月只有一千几百元的退休工资，倒是农村户口的老婆自己在镇上开了个小饭馆赚了些钱。几年前两口子觉得人老了，起早摸黑的饭馆开不动了，就来到这个城市和儿子儿媳生活。儿子和儿媳妇都是打工的，收入不高，还生了二胎，连房子也都是老查老婆买的。老婆带娃娃做饭，老查闲不住，就来这个小区看大门，一个月一千多元都用在了孙子孙女的头上，说到这里，老查快乐地哈哈大笑，老曹也跟着笑。

对于这座城市，两人都习惯用农村人的眼光谈谈他们的见闻。一天，老曹谈起他在小区后边广场上，看见工人在用吊车种一棵大树，树头（树冠）都砍掉了，只剩树干和几截主枝，一片树叶也没有。老曹不相信这个样子的老树还能种活，就经常去看他们浇水，看他们像治病人一样给树打点滴，几个月后，那树还真活了，长出了绿叶。原来就是我们家乡常见的细叶子青树，不是什么了不起的树。

老查抽了一回水烟筒，告诉老曹：他儿子就在那个园林公司，这个事情他知道，本来上边有政策，不准移植大树进城，但你说的那几棵，是山区修公路不得不挖掉，好像就是我们老家那边拉过来的，一举两得。这个移植老树，学问大呢，他们有读过大学的技术员，费那么大工夫，还不能保证每一棵都种活。

因为老查说到了那棵老树的来源，老曹像被人打了一棍子，突然想起了自己以前的一些猜测。和老查分手后，他急忙来到广场绿化角，转着圈再次仔细地观察起那棵已经发出来许多嫩枝和嫩叶的老树。

对了，老曹现在终于确认，这棵老树就是老家三岔河路口的那棵细叶子青树！听人说，新改宽的路就是从那里经过的。他知道那地方的每一个细节，这棵树确实挡着了路，在看着它被吊起来放进土坑的时候，他就觉得这树的模样有点熟悉，只是因为被锯去了树冠，认不出来了。另外，要证明这棵树就是那棵树，老曹还有一个证据。有一年，他被"批斗"，在公房站了一晚上，第二天还要和大家一样出早工，努力干活，还要面对各种脸色。收工以后，他想起家中的松明快没有了，就带着斧头去远处的松林，找那些枯松树桩，用斧头敲打掉那些树皮朽木，剩下的就是含松脂的明子。当他挑着那些松明疙瘩来到三岔河路口时，天快黑了。老曹又累又饿又委屈，实在气不过，拿起斧头就往那棵树上狠狠挖了几下，在树干上留下了一个深深的伤痕。后来那地方的树皮突了起来，慢慢向伤痕漫延覆盖过去，最后形成了一个牛眼睛形状的树瘤。

这个伤痕应该在老曹膝盖上边一点的位置，但移植以后，整个树下降了，老曹扒开那些杂草，果然在靠近地面的地方，看到了那个牛眼睛。

这样老曹在这个城市又多了一处经常的去处，他把这个发现告诉老婆，带着老婆前去考证，结果与老家山林有说不清联系的老婆，一眼就认出了那棵树，并指出，以前在树后方十多步处，有过一个蚂蚁堆，二姑娘毕业分到工作那年，她在那里捡到过一背篓鸡枞。

因为老查的突然离世，一时无法接受的老曹，提着用矿泉水瓶子装的包谷酒，又来到了这棵老树下，一屁股坐在了草坪上。

这个草坪是不可以踩踏的，连他老婆也知道。那个牌牌上画着一只脚，是不让人去踩草地的意思，但今天，老曹也顾不得那么多了。

计算着老查比他大的实际年、月和天数，叹息着老查没能过完的好日子。回想两年多的交往，老曹记起来，有一次老查的老婆就告诫过他两个少整点烂酒，说老查年轻的时候就有些毛病，有一年住了半年院。为他住院，老查老婆把家里养的牛都卖掉了。看来，老曹自己也得注意了，现在这么好的世道，村里每个月还会给六十岁以上的老人发六十元钱，少是少一些，但以前连想都不敢想。二姑娘那么骂，也完全是为了自己好啊。老曹边想边抬头看头上的老树，这棵进城后经过了两个春秋的细叶子青树，已经长出了很多的枝叶，重新形成了一个四季常绿的树冠，看上去生机勃勃的，比原先三岔河路口那棵老树要年轻了许多。

低下头时，老曹仿佛看到了当年三岔河的风景，听到了那些刮过树头的山风。这时候他才意识到，当年放牛回来，下雨天打着赤脚，肩上还扛着一捆柴，大脚指努力巴住泥滑山路，嘴里还要吆喝着牛的壮年老曹已经不会再回来了。当然，那些艰苦的日子也同样远去，他眼前的生活已经是另外一个样子了。渐渐地，他觉得自己也变成了一棵老树，慢慢在这个城市中扎下根，又伸展开一树青枝绿叶，庇荫着那些树下往来的年轻男女、老人小孩……

　　裤兜中一阵震动，把老曹吓了一跳。那是二姑娘配给他的老人机，不用说，一定是二姑娘找他回家了。也好，回去和她说说老查的事情吧。

　　老曹小心地把那些包谷酒洒在了老树前边的草坪上，拿着那个矿泉水空瓶，悄悄地走上了回家的路。

那棵老茶树王

哦，你说的就是那棵两千七百年的野生茶树，据说是比孔老夫子还要老的茶树王，我当然知道，如果连这个都不知道的话，我就算不得是普洱镇沅人了。

知道是知道，但实话告诉你，真去过那里的镇沅人还不是很多，一个呢是路远，要先去到一个叫九甲的地方住一晚，起早一点，开车到山脚下，顺着天梯一样的石阶一直往上爬六七公里，回来又一直往下走六七公里，回到县城要两三天。老人小孩，身体不好的就别去了，连一些大男人，从那里回来后，第二天走路只能像螃蟹一样慢慢地横着挪，往前走那大腿就疼得受不了。

还有呢，那里是自然保护区，不完全开放，茶树王家的那片森林，人家不让随便进。不过旅游的人还是可以去到山脚大吊水小吊水那里的。哦哦，我们这地方不叫瀑布，叫吊水，吊在悬崖上的水，很形象吧？那里的景色当然美，尤其是大吊水，有一回我陪一批作家去，他们就说，李白的"飞流直下三千尺"也不过如此，可惜李白没有来过这个地方。

我呀？我就是县政府的"正司级干部"，不明白？就是司机，开小车的。领导坐车，我呢，就负责掌握全盘工作，哈哈。

这些年，我开车送往那个方向的领导、专家学者、作家艺术家，还有报社、电视台的记者也不少了，陪着他们好几次去到茶树王根脚下。但那个路我也怕啊，上坡就一直上坡、下坡就一直下坡。中间在森林中有点平路，但还得河东河西地绕，外地人打破脑袋也想不通，那么高的山上，还会有河水流淌，这个就是我们地方的特色了——山有多高，水有多高。

有的季节里，山路上还会有山蚂蟥，很细小，不注意看根本看不见，藏在路边草丛小树里，这么一动一动的，人或者动物一路过，它就沾上了，不过我不怕，把裤脚扎起来，鞋子上洒些风油精，管用。但是走下来以后，不管怎样累，我们还得长途开车赶路，因为人家领导第二天早上还有会议，还有活动。后来几次，我们就留在山脚下待命了。

那个停车场周围没有人烟的，吃饭要自带干粮，不过有手机信号，我们就在那里听听鸟叫、听听水响、玩两把俄罗斯方块、看看时事新闻，时间也就过去了。而且那个地方，空气不是一般的好，静静地待上几个小时，头也不怎么疼了。

我带去的人太多了，说真的都不怎么记得了，但有那么两个，也可以说是一个，印象很深刻，你想听，就听我说说吧。

那天熊副县长把我叫去交代工作，让我送一个女的去茶树王那里。熊副县长强调道，你不光是驾驶员，还要代表县政府领导，一步不准跟塌地陪同去陪同回来。首先是安全问题，除了茶树王路线的那一条路，不准临时出主意岔去别的地方，人家是学生物的博士，茶叶专家，她的团队为我们县的茶产业做了不少大事，出了问题拿你是问，她要是走不动了，你背也得把她背回来。

你不知道这个熊副，嘴巴不饶人，但做事心细。还特别交代，吃饭就让她尝尝山笋和九甲那个地方的火腿，不准上凉拌菜、野生菌，两个人也不要浪费。走之前好好检查一下车子，干粮我会打电话叫镇里准备，他们有经验。

我呢，只好表态服从安排，人家官大一级压死人嘛。不过，我也知道，那个扶贫攻坚的任务可是从中央下达的死命令，所以这段时间，能抽调的人都下去农村一线了，也就只能让我做代表去陪陪客人啦。

到县宾馆接到人，天，是那么年年轻轻、娇娇小小的一个，怎么就是博士，也不知人家那个书是怎样读的。像我，中学时候简单的三角函数、勾股定理到现在依然糊糊涂涂，气得我的老师说想找一根麻栗棒棒砸砸我的脑壳。不过，她长得那么小巧，真要背也背得动的。别笑别笑，她是美女不假，你们也别想歪了。

博士的姓是个复姓，不多见的。我和她说以前拉过一个老专家，当时有八十多岁，和她一个姓。她一听怔了怔，问我是不是见过他。我说还一起到过茶树王脚下呢。她要我讲讲那个老人的事，我说上车吧，路还远呢，车上再慢慢讲。

我这个人话有点多，跟过的几个领导都骂过我，熊副说，如果吹牛也可以评职称的话，我至少可以评个副高职。

说回那茶树王，其实那个地方一直就有好多野生茶树，当地人都知道，大的小的都有，以前到了季节还会有人进山采野茶。现在当然没有了，一来呢，野茶是保护植物，不让采；二来有很多的野生茶据说是不可以或者不适合饮用的。那个女博士在路上给我讲了不少相关的知识，太专业我记不住。我们县里也知道那里有两人都抱不过来的大茶树，但具体位置不清楚。你不了解，在那个看不见天的原始森林中，所有的树干看起来都一样，只有在茶树开花的季节，看着地上掉落的茶花，才能发现那是棵茶树。后来，县里的宣传部、林业局组建了一支队伍，带着粮食，背着帐篷，请当地的老猎人当向导，前后半个多月，累倒了几个人，才把那几棵一号、二号、三号等等野生大茶树准确标记了出来。

因为县里条件有限，"土专家"们专业水平也不高，这次考察只收集了资料，做了一些简单测量和判断。后来就来了一大批专家，据说都是国家一流的人才、国宝，其中就有那个八十多岁的老人。

在那个大吊水下面，有一段平坦的石板路，女博士下了车之后，就像小鸟一样很轻快地要走、要飞。我看着着急，赶紧叫停，给了她一根木棍做拐杖，告诉她慢慢走，不然后边就走不动了。同时，我开始讲那位八十多岁老专家的故事。

我告诉她，当时这些石阶还没有砌，还是原始的山路，踩不稳会滚山坡的。有人就劝老专家到此为止，知难而退，不要再走了。可人家说，我年纪再大，也没有茶树王大嘛，孔老夫子的儒学体系都还没有成型，人家就生长在那里。我研究了一辈子茶叶，现在才知道这里有这么一株宝贝，爬也要爬去看一眼，不然我会终生后悔。

我当时也是第一次走这条路，不过那时比现在年轻，领导就叫我紧跟在老人家周围。现在说起来真不好意思，老人家是一步一步稳稳地走，我反倒总在打滑，到了山顶平缓的地方，累得坐下来不想动，还听到老专家在给陪同的年轻人讲道理，说做学问也要这样，不怕困难，但脚下一步一步要走稳。

说着走着，我发现那个女博士脸色发白，体力开始不支了，这才到哪里呢。她以前读书时体育课成绩肯定不会好，看来，我和她相比还是有强项的。嘿嘿，总算找回了一点自信。我劝她停下休息一下。可人家摇摇头，说是一停下就更走不动了。刚才你不是也讲了，不怕困难，但脚下一定一步一步地要走稳。看来，人家真是有点韧劲，那个博士学位可不是随便得来的。

其实，陪老专家来的那天比现在更累，现在山顶上那条嘟噜河——对对，就叫嘟噜河——河水流在森林间，清亮，水波一嘟噜一嘟噜地在动，就这么叫来的。不过现在河水上有了一些木桥、跳石，不用趟水了，那次来是要从水里趟。因为是雨季，虽然那天没下雨，但树梢滴下的水就让你够受，再加上汗水，反正就是全身湿透。走到茶树王脚下，我一屁股就坐倒了，太累了。

那些专家们大部分都是老人，但到了地点马上投入工作，测量的测量、取样的取样。这个我可就帮不上忙了，只能在那里干瞪眼。

后来我才知道，专家们可不是那种你怎么说他就怎么听的人，人家要把自己采集的资料、数据，去和县上的资料做比对、分析，这个才是科学的态度，因为他们知道停留的时间不能很长，所以一到了点就按照各自的专业和原先的分工忙开了。

女博士去的时候是晴天，老专家他们来的时候是雨季的阴天。那个老林中光线很快暗了。领导有些着急，下命令说天黑以前一定要离开，并且要走完大吊水那个陡坡。老专家反而安慰领导说，不用急嘛，大不了我就在茶树王脚下坐一个晚上，把生死都参透，难得。一起来的另一位专家也开玩笑说，先生，你看清楚了，这是茶树，不是菩提树。老专家也笑着回答，这就是我心中的菩提树。

女博士一直不说话地听我讲，一面吃力地往高处走，听到这里站住了，问我老专家真是这样说的吗？我说当然。当时我听不太懂，回来后和县文联的朋友们喝酒，他们才解释给我听的——菩提树、佛祖、释迦牟尼，对不对？

那天的现场考察很快就结束了，大家前前后后地也就往回走了。你们以为爬坡累，其实一直走下坡路更累，走到最后腿都不听自己使唤。我是最后走的，客人中最后一个走的就是那位老专家，走之前，他还站在茶树王面前，恭恭敬敬地鞠了一躬。那个样子我还记得，一棵老茶树，一个头发全白的老人，那情景，我找不到词形容，一直让我很感动。

——是这个位置吗？女博士问我这个问题的时候，我们已经到了茶树王跟前，她提着相机拍了很多资料，还让我为她拍了几张照片，然后没头没脑地问我一个问题。我却一下子就听懂了，她是在问我当年老专家站在茶树王面前鞠躬的位置。然后她站在那个位置，也对着茶树王鞠躬，说话，不是小声，是很标准的普通话，我也听得很清楚。她说，爷爷，按照您的嘱托，我现在已经来到了镇沅县，站在您讲过的，两千七百岁的野生茶树王脚下……

哇，原来女博士就是老专家的孙女，我这个人怎么这么笨。这样复姓的人本来就不多，而且又都是学生物研究茶叶的，我应该一开始就料到。看来我这个人真的当不了领导也做不成老板，天生就是个做驾驶员，当"司级干部"的命。

女博士还说了很多的话，也流了眼泪。大致就是说她看到当地对茶树王的保护很科学，没有过度保护也没有过度开发，爷爷培育的良种，已经由她的团队在当地推广，而且开花结果了，爷爷在天堂可以放心了。

她最后这句话让我吃了一惊，也真真感到了说不出来的遗憾，原来那位令人尊敬的老专家已经不在了。唉，时间真快，十来年就这么一下子过去了。

怎么，都不说话了？来来来，举起杯子来，为我们的茶树王，为那些不在了的和还活着的爱茶的人，整一杯，干！

普洱两味

泡肉

到了三岔路，李柱让驾驶员开车回城，他一个人沿着那条连本地人都不再走的小路，向白鱼寨走去。

是播种的季节，但是路两边的坡地都抛荒着。这可能是这地方有人居住以来从来没有过的事情。不过也不奇怪，等不到秋收，这些坡地就会淹没在电站水库的水面之下，山民们已经为即将到来的搬迁事宜做好了准备。

转过大椿树，石板小路尽头是一户绿树掩映着的人家，低矮的土坯墙已经多处残破，爬满了藤三七和野蔷薇。一切似乎和四十年前、二十年前一样，李柱站在门外，迟迟不愿去推开那扇门。

时光倒流回去，第一次为他开门的是美丽的彝族姑娘石榴花，而李柱是一个穿着灰布军装的风华正茂的青年。他们在这个彝汉杂居的寨子一共驻扎

092

了三个多月。这个时间，足够让两个青年男女间产生出很多的故事。像父亲一样对待李柱的田政委总看着他们两个眯笑，而那个后来因为杀害了好几个共产党员和进步群众而被称为杀人魔王的中队长刘七，也坏笑着说过他们是天生的两口子。

刘七的这支队伍成分很复杂，背景也很复杂。作为一支地方武装，他们主动要求接受共产党领导的"边纵"指挥，为壮大反蒋力量，他的队伍被改编为一个中队，派驻在边远的白鱼寨子一带进行整编，党将田政委等一些干部来到这里，努力要把这支队伍打造成革命力量。李柱是通讯员兼文化教员。

入冬，杀了几头猪。刘七的人马大多是当地人，喜欢吃生猪血拌肉，吃不完的要腌起来，同样也配有生猪血，叫红肉。田政委能吃，但李柱怎么也不敢吃。来帮着下厨的石榴花笑了，和刘七说了一声，拿了一些猪头皮、猪蹄子回家，配上盐巴辣子炒焦的米粉和草果花椒等香料，专门为李柱腌了一个小坛子，她说这个叫泡肉。十多天以后，她把田政委和李柱请来家中，请他们品尝泡肉。

因为外面没有那层生血，李柱放心地夹了一片放进嘴里，试着尝了起来。透过那些佐料的香辣，他发现肉片居然是脆生生的，在淡淡的腌制味道后面是一种说不出的肉香，口感非常好，这是他第一次尝到泡肉的味道。

田政委见多识广，一面大口吃泡肉，一面向李柱介绍——这泡肉还是难做好的，肉不可以煮得太过，盐不可以太咸也不能太淡，时间最好就是冬季，过年前后。腌好以后也不能存放太久，就那么几天，过了就不好吃了。说完又夸奖石榴花小小年纪手这么巧，以后娶到她的人真有福气，把李柱和石榴花都闹了个大红脸。

李柱很想多吃几块，但又有些不好意思。石榴花看出来他的心思，就一个劲地给他夹肉。有生以来，他第一次在别人家里吃了那么多肉，让他联想起了一个在书上读到的词——大快朵颐。

门"吱"的一声开了。

石榴花出现在眼前，不过，眼前的石榴花已经不是那个羞涩但不失大方的姑娘，岁月同样为他们染上了白发、刻上了皱纹，不变的只有他们每次见面时的那种心跳加速。

"我知道你一定会来，"石榴花说："进家吧。"

是的，在李柱的心中，这个小院就是他的家，在他这一生很多艰难的时刻，他总会想起这个面朝江水背靠高山，不太简陋也不富丽的小院落。不过，如今这个小院落即将消失，取而代之的将是一片宽阔的人工湖泊。搬迁在即，县委动员了一批离退休的，在这一带工作过的老干部前来协助工作，稳定移民心态、做做搬迁户的工作。李柱意外地在未签合同的农户名单中看到了石榴花的名字，他愣了一愣，继而马上明白了，就独自来到白鱼寨。

对刘七的这支队伍，"边纵"是警觉的，也有相应的措施，但最后还是吃了他的亏。背着田政委等，刘七悄悄与他的老主子联络，在中队领导和党员骨干到区上开会的时候，他假称要去为一个拜把子兄弟拜寿，带着他的几个心腹潜回白鱼寨，发动了叛乱。

那天晚上，李柱没有像往常一样留在中队部，而是来到当作教室的公房里，借着煤油灯，想把一段学习材料提前抄在那块简易黑板上。因为太专心，外面有什么响动他也没有留神。直到石榴花冲进来，吹熄油灯，拉着他朝后山墙跑，他都还没有回过神来。

清醒后，李柱想冲回队部，石榴花说你的同伴都被抓起来了，赶快去区里报告吧。这个时候，来抓他的叛匪已经追来了，有人喊：撒掉了撒掉了（跑掉了）；有人喊：前头短住（截住的意思），短住！李柱不管三七二十一，用短枪回身还击。趁叛匪躲避的时机，在石榴花带领下冲开寨子周围的绿篱，跑上了山坡。凌晨之后，他们遇到了赶往白鱼寨的大部队。

叛乱是不得人心的，刘七的不少部下趁乱都跑回了家。他的那个老主子也被打得落花流水，顾不上他了。不过几个留在队里的党员干部被他杀害了。因为石榴花帮助李柱跑出包围，她的父亲被刘七打断了腿，房子也被点着了火，幸好部队来得及时，火被乡亲们扑灭。李柱向躺在床上的石榴花父亲敬了一个军礼，就跟着部队出发了。石榴花一直送他到寨子前的大椿树下，李柱不知道应该说什么，想了想，说过年就回来了，来你家吃泡肉。

这个时候，他发现石榴花眼中泛起了泪花和深深的忧伤。

院子中那一棵老石榴树还在，树下的石头桌子上已经准备好了开水和茶叶。石榴花的儿媳妇从厨房出来，高兴地和李柱打招呼——我妈说今天老区长要回来，还真的被她给说着了。然后手脚麻利地倒茶，拉凳子让座。

茶是后山的那几棵古茶树上的茶。那个地方位置很高，据说水库的淹没线刚好到那里，这几棵古茶就不用挪窝了。在说到这个地方和这个茶的时候，石榴花和李柱对望了一眼，那其中的含义只有他们才懂。

那天，当他们上气不接下气地跑到了古茶树的所在，几乎要虚脱的石榴花眼看要倒下，李柱急忙一把抱住她，石榴花就那么软软地倒在他怀里，这是他们的第一次亲密接触。第一次感受到少女身体和她身体气息的李柱愣住了。树林中的一阵异常响动惊醒了他，他急忙拉着石榴花用尽最后的力量往区政府方向跑去。不过，这几秒钟的亲密，对他们来说不亚于石破天惊，烈火洪荒，足够他们用一生来细细地回味了。

李柱这一去就是五年，他追歼敌人直到边境。然后参加培训学习，随部队秘密北上，跨过了鸭绿江和联合国军对阵。这期间他也给石榴花家写过信，但什么消息也没有，信有没有寄到都不知道。更要命的是，他的名字是参加"边纵"之后改的，老家根本没有李柱这个人。五年后他回到家，家乡人才知道李柱原来就是老王家的小王三。

接下来，年轻的区长李柱得到的消息是石榴花已经嫁人了。

石榴花父亲被打断腿，母亲又带病多年，在这个生存条件艰难的山区，为了这个家还能够支撑下去，石榴花招了一个上门女婿，现在儿子都有一岁多了。

李柱知道这个消息后悄悄地去区政府后边的山坡上坐了大半夜。他明白石榴花没有错，她本来就对他没有什么承诺。想到在他离开的几年中，每年过年，石榴花肯定会腌好泡肉，眼巴巴地等着他出现，李柱心里隐隐地发疼。次日，他托人给石榴花送去了一床毯子，那是部队奖给他的，算是给石榴花的结婚礼物。下个赶街天，他收到了白鱼寨送来的一包泡肉。李柱把泡肉拿到伙食团与大家共享。同志们直呼味道太好，李柱吃在嘴里却是苦涩的味道。

李柱一直避免去白鱼寨和石榴花家的院子，尽管那个院子在他记忆里永远是那么清晰。好在没多久他就被调回了县里，接着又是提拔，大多时间都在忙碌机关事务，白鱼寨这边的"路"似乎断了。

但是，他和石榴花的缘分并没有就这样结束。

李柱永远不会忘记，那天他从昏睡中清醒，强挣扎着坐起身子，透过开着的房门，看到了这个熟悉的小院子和院中的石榴树的时候，他认为自己是在做梦，或者已经去到了另外一个世界。

那是"文化大革命"正进行得如火如荼的时候，县委常委李柱白天劳动改造，晚上接受批斗，终于有一天他起不了床，睡在"牛棚"里没有人管。后来他才知道，是石榴花带着丈夫、儿子和一个亲戚，来到他倒下的那个寨子，用自制担架把他抬回了白鱼寨。因为石榴花家是贫下中农，还曾经与反动派做过斗争，所以别人也不好说什么，再说这个人眼看怕是不行了，而且就像石榴花说的一样，人家总是打过土匪打过美国佬的人，功劳苦劳怎么说也有一点，就让他们抬去吧。

石榴花家的彝族草药、米汤，还有精心的护理和休息，让李柱恢复了过来。当他终于起床，和石榴花一家坐在石榴树下的饭桌上吃饭的时候，他突然闻见了泡肉的味道。在这个特殊时期，石榴花是怎样找到这样的食材来为他做泡肉的？他还未尝出泡肉的味道，眼泪却先掉了下来。

"文革"结束后，县委副书记李柱要做的事情很多，联产承包、解放思想、摆脱贫困、修公路、建学校，各种项目一个接一个。经过这场风波，李柱吃了苦头，却有了更多的思考，知道自己欠了人民很多很多，他要在有生之年努力工作，回报家乡，回报人民群众。他的职务也一直在变化，常务副县长，政协主席。就这样，不知不觉就到了快退休的年龄。

他本来可以大大方方堂堂正正地回白鱼寨，可就是一直没有时间回去。

不过，逢年过节，他总要准备一些礼物托来县里开会的基层干部带给石榴花家，每年过年，石榴花也会托寨子中来县里做生意的村民送一些泡肉给他。

院子中的这棵石榴树是那种只开花不结果的重瓣石榴，据说石榴花出生的时候，接生婆走出房间倒水，一眼看见这棵开得正盛的花，就笑了，说生了个锅边转，你家姓石，就叫石榴花吧。因为这个缘故，这棵树就一直受到他们家的呵护，年年开一树红花。树下的石桌则是石榴花的爷爷亲手打造留下来的。

李柱问："你家没有签字，是不是要等我……"

石榴花笑了："我们是不会让政府为难的，他们父子两个其实今天已经在移民新村那边看地点、认房子了。儿子跑运输，过两天我们自己就要慢慢搬东西去那边新家了。"

和石榴花一样风风火火能干的儿媳妇从厨房走出："来来，先尝尝我妈做的泡肉，寨子里好多家都请我妈去帮做呢。老区长，喝一杯我家自烤的包谷酒，就一杯就一杯。"

这个泡肉显然是李柱见过和吃过的最好的泡肉，他看出眼前的泡肉在选料的时候就已经精心加工过了，只有肥肉、肉皮和肉筋，没有一点瘦肉。因为瘦肉是无法加工成好的泡肉的，也吃不出脆生生的味道。当然，一般的泡肉都会带有一点瘦肉，但石榴花显然已经细心地把它们都剔除了。

石榴花说："这里也是你的家呀，我晓得你会回来看一下的。这辈子我们算是赶上了好日子，孩子们也成器。我现在什么也不想了，就想和你在这老房子静静坐一会儿，尝一尝我做的泡肉，心愿就了了，说不定哪一天我——"

李柱打断了她的话，赶紧夹了一块泡肉递给她。石榴花露出一个感谢的笑容，也回敬了一片给李柱。那种熟悉的咸、酸、香、辣、脆的感觉顿时在他全身弥漫开来，眼中也有泪水忍不住想落下。李柱抬起了头，看着头顶上的石榴树。

此时花期已过，一树的绿叶一派繁茂，在树梢上，李柱看到还有一朵石榴花在开放，映着春日的阳光。

紫米

戴兵没有想到，他和那个亲密如兄弟的哈尼族民兵阿白，会为了一件本来和他们没有关系的黑米与紫米的问题，吵个不可开交。最后闹得连长亲自找他去问话。戴兵说："我只是说我们家乡的黑米很好，中国第一。阿白偏说他们哈尼寨子的紫米才是中国最好。我说紫米也是黑米，他说紫米就是紫米，不是黑米。"

连长说："得得，我不管你什么红米黑米，阿白是个好民兵，没有这些会说汉话会说哈尼话的民兵带路当翻译，我们去哪里找土匪打，不准和他闹别扭，要团结，去道个歉。"

戴兵委屈地辩解："连长，我们老家的黑米真的是天下第一，过去是要给皇帝进贡的，黑米做出来的米酒……"

连长打断了他的话："又来了又来了。快去和阿白道歉，不要忘记拉拉手，你们都是一条肠子通屁股的直人，去去去。"

戴兵他们一个排的兵力，加上大约一个班的本地民兵，由连长亲自率领，来到这片哈尼山乡追歼土匪。目前，大部分的匪患已经肃清了，但匪首大金牙带着几个亲信，借着熟悉的地形和过去的一些老关系，还在继续流窜，不时跳出来报复地方干部和拥护新政权的群众。上级下了命令，一定要在最短的时间里歼灭这个匪首和他的亲信。但是，打过长江，参加过解放大西南战斗的连长还有戴兵他们在这里遇到了新问题。幸好，在当地群众和民兵的帮助下，加上邻县的堵截，大金牙他们被压缩在一片大山中，不敢轻易出来闹事了。

戴兵刚走，区政府的一个地方干部就来找连长，说是那个白成铭白老先生要请部队领导去他家吃顿便饭。这个白老先生是哈尼族的开明士绅，通四书五经，也懂一些新思想。当年中共地下党的一些党员，就以在他家教私塾为名做掩护，在当地开展工作。连长听到是白老先生，忙说这个是要去的，顺便还要请教几个问题。在准备了一点小礼物要出门的时候，连长想了想，叫人通知戴兵和阿白与他一起，去白老先生家做客。

这是一间四合院，大瓦房，他们在正厅里一番寒暄，喝了几杯老普洱茶之后，白老先生把客人带到了厨房外面的餐厅。又说了一些客套话，白家人在每人面前放下了一个碗，里头是黑乎乎的稀粥和鸡肉。白老先生介绍说这是紫米煮鸡，是菜，也是主食，吃了这个，再喝酒、品尝其他风味。

这就是紫米啊，连长想起刚才阿白和戴兵的争吵，就端起碗细心地品尝起来。

戴兵见连长已经动手，他也就端起碗。紫米的香味和鸡肉的味道混合在了一起，汤汁已经融进紫米。戴兵吃了几口，就已经感觉到紫米不同于黑米的地方，紫米的筋骨要更好，即使煮烂了，依然保持着米的形状，而且从颜色来看，紫米是黑中透着红，不像黑米全黑，看来叫紫米是对的。紫米煮鸡的味道自然非常好，几年的戎马生涯，这样的美味是很不容易吃到的。但是要单独熬粥的话，戴兵还是认为黑米更合适。他抬起头，看见连长正用眼睛瞪他，就把话咽了下去。

白老先生说，这个小地方没有什么产出，但紫米倒是一绝。色香味俱佳，糯而不黏，紫色天然，连淘米水都是紫色的，用来做甜白酒，或者用紫谷烤酒都是上品。据说还有补血功能，本地产妇分娩，都要煮紫米糖稀饭吃。过去，本地紫米一直是朝廷的贡米。不过，这方圆百里的哈尼山乡，虽然处处有紫米种植，但最好的还是一个叫绿水的小坝子产的。

阿白赶紧说："我就是那里人。"

"哦。"白老先生说："那你说说，绿水的紫米和别处的哪里不同。"

阿白说："更多的我也说不清，但别的地方的紫米看上去颗粒会有一点杂花，我们绿水的紫米清一色紫色，而且晶亮晶亮的，另外——反正更好吃。"

接下来，所有的菜都上齐了，总共八碗，俗称八大碗。有煮有炖有蒸和煎炸，就是没有炒菜，这是因为炒和吵同音，寓意避免席间出现不愉快。这在当地风俗中是很正式和高规格的宴席了，席间的酒也是白老先生用紫谷自烤的谷子酒。对于酒，戴兵不甚了了，所以那天他记住的也就是紫米煮鸡肉的味道。

席间，连长就剿匪的事情向白老先生了解了一些问题。白老先生认为，以他对大金牙的了解，这个人是死也不会向共产党投降的，所以他只有考虑朝边境那边跑，但有两个地方他过去作过恶，不敢去，那只剩下了一条路。

而且这个人没有准备不会贸然就上路，因此他可能会隐藏在三河街一带，在那里他过去的亲戚、朋友、部下很多，会暗中帮他。

白老先生的分析和区里得到的情报差不多，次日，戴兵就同阿白赶往三河街，与已经在那里驻扎的排长他们会合。叫阿白去是需要熟悉当地情况的人，戴兵则是他们团出名的神枪手，关键时候要他发挥作用。

在几乎没有平地的哈尼山，一出门就要开始爬山。因为昨天的不愉快，两人不怎么说话就上了路。这种山路对阿白来说是家常便饭，戴兵赶不上他，气得在后面叫："你这个——紫米，慢一点。"阿白则回应："你这个黑米，不会走快一点。"

"紫米。"

"黑米。"

两人不约而同地相视大笑起来，昨天的不愉快顿时烟消云散了。

阿白告诉戴兵，昨天白老先生的紫米，其实还没有他家那边的好。以后打完土匪，他请戴兵去他家。反正就是三个菜，鸡肉煮紫米、鸡杂煮酸笋，再来一篾盒蚂蚱腌菜。要么再简单一点，一团紫米饭，一把蚂蚱腌菜，上路出发。

"蚂蚱也能够做腌菜？"

"我们哈尼族会做的还多，以后你去就晓得了。我要有蚂蚱腌菜下紫米饭团，就什么菜也不要了。"阿白卖了一个关子，又率先翻过了一个山坡。

接下来的日子他们风餐露宿地在三河街一带寻找着一切的蛛丝马迹，监视那些可能和大金牙有联系的人，那其中的苦和累，自然是没法说了。一天夜里，他们的小组回到驻地，准备休息的时候，房东端来了一瓦盆紫米稀饭，说你们太辛苦了，吃点稀饭补一下。

"紫米还滋补啊？"戴兵好奇地问。

阿白说："紫米当然补人，但要加一些别的东西。"

房东也说是的，你们正在抓的那个大金牙，以前在这些地方称王称霸，每天都要人给他煮紫米稀饭，还要在里头加大枣、莲子、冰糖。有时候还加大烟籽，晚上打麻将的时候吃。

有战士恨恨地骂：这个恶霸。有人则玩笑地说，怪不得老抓不着，这老东西把身体补得太好了。

紫米稀饭还没有吃完，紧急消息来了。另一个组已经锁定了大金牙藏身的山洞，要他们赶紧过去增援。

山洞易守难攻，要冲进去势必会有大伤亡。了解了这个山洞没有其他出口，排长和区武工队领导决定守住洞口，发动政治攻势，逼大金牙投降，如果他强行出洞突围，把他就地歼灭。

不过，大家还是低估了这几个老惯匪的个人能力，在如此密集的火力下，居然还有两个人冲出了火力圈，其中就有大金牙。不过，他们没有逃脱解放军和民兵的追捕，一个匪徒很快就被击伤生擒，只有大金牙还在跑。

后来排长向连长汇报说，大金牙像豹子老虎一样跑得快，只有阿白和戴兵还紧追在后面。他们三个翻上了一道石坎，其余的人都还在石坎下面。就听见上面响了几枪，然后是戴兵大叫——紫米紫米。他们跟上去的时候，见戴兵抱着阿白哭，大金牙倒在不远处，嘴张着，金牙一亮一亮的。现场看是阿白挡住了大金牙的子弹，戴兵击毙了大金牙。

连长不说话，一阵沉默后，他起身，脱下了军帽。

三十多年后，已经脱下军装的老军人戴兵再次来到这个哈尼小镇。平整的柏油公路缩短了路程。钢混小洋楼取代了过去的平房。只有白老先生的四合院保留了下来，成了一个旅游景点。凭着军人对地形的记忆，他找到了民兵白老四的坟墓，从包里拿出祭品，放在墓碑前。

戴兵说："紫米大哥，黑米兄弟来看你了。这个是你家的紫米酒，这个是我家的黑米酒，咱俩就不争了，都是好酒。你爱吃的紫米饭和蚂蚱腌菜我也找来了，是好吃……"

老人说不下去了，几颗眼泪已经挂在眼角。他擦擦眼泪，看了看山坡下那个热闹的小镇，还有白家很醒目的四合院，眼前浮现起了当年和连长、阿白一同在那个院子做客的情形，也想起了那碗紫米煮鸡的味道。

岩坎与车

岩坎是他们寨子里，第一个买了小轿车的人。

其实这个不大的傣族寨子里，家家都有摩托车，有几家还有拖拉机。买得起小轿车的人家也多。因为这个寨子比较偏远，除了寨子前边的一片小坝子外，出进都是山路，那路况实在是不值得表扬。然而等到那个"村村通"的水泥路一修通，爱车的岩坎立马就买了一辆蓝色的国产小轿车，新崭崭地停在自家傣族风情的小洋房面前，惹得很多人家都前来围观。

不过，寨子里没有人跟风购买小轿车，原因依然是通往寨子外面的那条路。虽然已经是硬化的水泥路，但路面不宽，弯多坡陡，骑摩托还绰绰有余，要是开车碰上两辆车相遇，错车就困难。在外地工作的孩子开车回来探亲，好几次有人把车开进沟里，所幸问题不大。只有岩坎这个"猴子变的"，能在这样的路上得心应手，把车开得飞快。遇到不好错车的地段也会灵巧地长距离倒车让行。这路仿佛就是为岩坎这样的车手设计的。岩坎自己也说，开车到了外面的大柏油路，反而还找不到开车的感觉，会打瞌睡。

有人盯上了岩坎的车，悄悄约他去边境"拉人"，也就是拉偷渡客入国境或者送出边境。一个晚上，两千来块钱就到手了。两千块啊，要摘多少咖啡果卖多少牛油果才赚得来呢。岩坎知道，偷渡是犯法的，被抓到不但人要坐牢，车也会被没收，不能干。他也清楚边境的那些路，那算什么路，放牛的路、砍木头的路、边防部队巡逻走的毛路。一趟下来，他的车就要不成了，不干，不干！

到了"强边固防"要在寨子后方山头上设卡点巡防的时候，村支书第一个来找岩坎，在岩坎家的院子里，喝着岩坎老婆制作的竹筒茶，告诉岩坎要抽调他去卡点。报酬有一点，但光是玉丙罕（岩坎老婆）在家带娃娃，收入也会有损失。而且这回去不是一天，也不是两天，说个两三年也还不一定。不过这不是寨子要用人，也不是镇上县上要用人，这回是国家有事要用人。你是民兵，还读过中学，大道理认得。还有，我们这里有人搞偷渡被抓，寨子的名声搞坏了，我们也要把名声争回来。

从自家的围墙上方，可以看见村委会前边的国旗在蓝天上飘扬。岩坎望望飘扬的国旗说："国家要着我，我去就是。"

村支书要他把车也开去，他们负责的卡点离寨子远，要拉点什么东西也方便。岩坎就问村里能不能给报销点汽油费？村支书说不能，反正你的车空着也是空着，顺路。

竹筒茶是岩坎老婆自己制作的，她把揉捻好的茶叶晒干，又放进半干的竹筒中封藏，到打开的时候，那茶叶就带上了竹子的自然清香，村支书本人最喜欢这个味道。岩坎看着美滋滋品茶的村支书，气哼哼地骂了一句："丁拧（傣语：小气鬼）。"

这个寨子只是前面的一小片坝子比较平坦。后面就都是一些陡峭的高山。他们负责值守的国境线从大象山的最高点数下来，一共设有九个卡点，每天巡逻一趟都叫人吃不消。负责指挥的点在中段，这里有一个地方正好有一块平地，让他们能搭建棚屋、拉帐篷。岩坎还砍了些树干树枝，为他的爱车搭起了一个树篷车库。这个车库被伙伴称为别墅，岩坎有时候就钻进别墅睡觉，摇下车窗挂上一块纱布，闷不死他蚊虫也进不来，很舒服。

不过，其他的几个小些的卡点就没有这么好的条件了，七号点在一个山箐旁边，周围林木茂密，观察动静得爬到树上，后来大家直接在树上搭了一个观察点，点上的人说，这样守上几年，他们都要"从人到猿"变猴子了。五号点视野比较开阔，但后来遭遇泥石流，还好值守的两个人都没有事，但一辆摩托车和棚屋等全部家当被毁掉了。最高的九号点是个风口，特别冷，指挥部在那里建了一个钢架的瞭望台，早晚登台，手摸到那些金属构件，就像把手伸进了冰箱，冷得人大白天都要包着厚厚的羽绒服。领导们做了一个决定，定期换防。二号点的换到九号点。八号点的换到一号点。

岩坎第一次回寨子看老婆，半路上就捡到了两个偷渡客。

村支书批准他回家里去看看，顺便把一些卡点上急需的东西拉回来。刚离开一号卡点，他就发现路边树丛里好像有人，于是一脚刹车，跳下去控制了一男一女两个年轻人。一问确实是准备偷渡去境外的，因为带路的蛇头察觉不对，丢下他俩就自己跑了。他俩转了半夜，天亮才转出了树林，女的已经几乎虚脱，一动也动不了了。

岩坎从车里拿了两个口罩叫他们戴好，然后掉头把他们拉回一号卡点。回到卡点，下车后，岩坎命令两个年轻人面对国旗——站好！正好村支书他们也都在这个卡点，开始还以为岩坎是拉了两个前来采访的记者呢。

警车把两个年轻人带走之后，村支书和卡点的干部忍不住感慨，说这些在大城市见过世面，还受过高等教育的年轻人，怎么就会那么轻易上当受骗。月收入几万元的工作，不满意还可以免费旅游一般把你送回原籍，真有这好事，还会轮得到你们？唉，这两个人被抓到，应该是他们的运气，否则结局还不好说了。岩坎没有说话，但他今天注意到了一个细节，下车时，那个女孩已经很虚弱了，但听到岩坎要他们面对国旗站好的命令，她还是努力地站住了，而且下意识地做出了一个立正的动作。

也许，这个情景会在她的记忆中保存一辈子，以后就不容易走错路了。岩坎想。

雨季到来，工作更加艰苦了。

随着公安部门对境外电诈打击的力度加大，还有国境线上物理阻拦（也就是铁丝网）的逐步设置，原先以为可以在境外躲避风头的一些人也感到藏不住了。想借风雨、趁黑夜偷渡回国的人也越来越多，卡点上各处抽来的援军也赶到了。但卡点上的工作，概括起来，依然是一个字：累。

老天爷也来添乱，因为发大水，通往寨子的路上桥断了，洪水还冲毁了几段路面，卡点上差一点就断粮了。更糟的是五号卡点突然遭到了雷击，一个叫岩三的傣族民兵被击中，当场不省人事。

要是送回寨子，目前路不通，而且县医院的救护车来到寨子太远，恐怕救不了人。头脑一向灵活的村支书这回也拿不出办法了。熟悉这一带每一条大路小路的岩坎突然想起了一个办法，他开车，从九号点的毛路翻过大象山，因为大象山那边的坝子有救护车，他们可以从寨子开上来与他们会合。

这个情况和这个地形，村支书也是知道的，但是那个路，能开过去吗？

大象山顶，九号点一带，全部是原始森林，过去几乎没有人走过。前不久民兵们在那里巡逻，还发现过一具偷渡人员的尸体，可见那地方是如何的荒蛮。唯一的一条毛路最早是巡逻的边防部队走出来的，后来逐年加宽，天晴的时候可以跑跑摩托车。这回强边固防，又把它改造了一下，宽度是够一辆小汽车通过了，但除了拉建筑材料的小拖拉机以外，此前还没有汽车走过。

你过得去？村支书又问了一遍。

岩坎说："难，如果车外面有人帮一把，过得去。"

救人要紧。村支书立马做出了决定："马上出发，我和你去。"

县里的干部也说："我也去，走！"

岩坎开车，村支书坐副驾，帮着观察右边的路况。那个干部半抱着岩三坐在后座。开始路还可以，有些湿滑，但岩坎巧妙地利用路边的藤蔓杂草碎石克服泥泞，蹒跚着前行，只是这样一来，那些树枝就不停地擦蹭着他的车，岩坎知道每一次擦蹭都会在他的车身上留下一道痕迹，但现在顾不得这么多了。

前边就是最难的一段，岩坎在九号点值防的时候走过，他知道这里有几个近乎九十度的转弯，需要倒一把方向，车轮会部分悬空。他让村支书下车指挥，因为车的下方就是陡坡，很危险。担任指挥的村支书惊得声音都变了："靠靠靠里，慢慢慢打方向。"车身紧擦着靠里的石壁，发出刺耳的声音驶过了弯道。路又暂时地好走了，几个人同时出了一口气。

驶出毛路的最后一段，有一个高坡。雨季路打滑，车到了半坡就上不去了。村支书指挥岩坎减挡，岩坎说已经是一挡了，这车没有半挡，减不了了。村支书和县里干部跳下了车，弄了些树叶垫在车轮下。村支书大喊一声：加力挡来了。岩坎把着方向加大油门。两条汉子在后面拼命地推，那车终于一点一点地挣上了高坡。

前面的路慢慢就比较像路了，而且路面上还出现了车辙。在一片平坦的荒地上，他们看到了等在那里的救护车。

医护人员迎了上来，很专业地把岩三放上了救护车，一面为他检查一面也就为他挂上了检测。救护车开动了，村支书紧追过去，问："哎哎，情况咋样？"刚刚开动的救护车又刹了一脚，一个医生伸出头来答应了一句："你们送得及时。"

听到这句话，三人都松了一口气。

目送救护车转着车顶灯远去，在已经放亮的晨光中，岩坎才发现，自己的爱车已经变得那样目不忍睹。他不由得叹口气，问村支书："折回去吗？"

村支书闭起眼睛使劲摇着头："不回去不回去，你敢开我也不敢坐了。"

县里的干部也说："跟救护车一路，先去县城，到我家洗洗歇歇，我请你们喝口酒。岩坎要开车，我就让你尝尝真正的傣族竹筒茶。"

村支书计算起了里程，到县城48公里，再回镇里34公里，到寨子7公里，再到点上……多绕了百把公里，就这样走。

岩坎问："这回该给我报销点汽油费了吧？"

"报报报。"村支书爽快地说："我还要想办法把你的这个'小婆娘'，重新打扮成大姑娘一样，省得你又骂我是——丁拧。"

　　花里胡哨的小蓝车轻快地朝山下开去，随着朝阳的升起，它前面的路，变得越来越宽，越来越好走。

茶醋缘

一眼看去，到处都是山，而且山上都长满树木。

山顶一带几乎全是思茅松，大风刮来的时候，松涛会一阵阵响起，一个人走在这样的松林里，这松涛的声音会让你感到孤独和害怕。半山腰则是混交的杂木林，很密很杂。而在接近山箐的地方，那就更热闹了。有巨大的古树，有密密麻麻的灌木和披满树木的藤蔓，还有满地的蕨草、苔藓，根本看不到一点裸露的土地。

那条被称为官路的古道，就在这样的丛山中纵横。称它为官路，是因为这条路古时候是由官府出银子修建的，至今在那些难走的地方，还可以看到用就地取材的毛石镶砌的路肩、路面，以及石头上那些被马蹄磨出的蹄痕。

在这样的地方居住，人就等于生活在树林里。走出树林，看到树木稀疏的河谷、半坡，那就是有人家的地方了。当然，所谓有人家的寨子，也就是那么两三家、三四家的聚居之处，太少的耕地，养不活更多的人口。

老五挣扎着走到山箐岔河边的时候，已经是浑身虚汗、一点力气也没有了，只感觉到腹部疼痛、疼得想死。在多年的赶马人生涯中，老五也见过发大黑痧死在半路上的客商，也许，今天，是他们中间的一个来拉替死鬼，自己也要死在半路上了。

同行的马锅头德富，先前就为他刮过痧，还喂他服用了一点止痛的大烟土，又扶着他，让他拉着马尾巴走了一程，现在看来老五是无法捱到前面有马店的地方了。他想了一想，就说，这条小路上去，一块包谷地那里，我认识一户人家，姓陆。你再坚持一下，我把你放在她家一两天，我一个人把货送去，去晚了，那个收货的内地老板走了，我们兄弟就白干一场了。

老五微弱地说："你一个人，马驮子都端不下来。"

德富说："这个，我会去求人。来，我背你走。"

在那块包谷地边，狗咬声中，老五听见德富说："陆大嫂，我这个兄弟病得重，走不动路了，想留他在你家几天，火钱我们出，我把货交了就回来接他。"

老五吃力地睁开眼，看见一个六十岁左右的老妇人，同时也从她惊惧的眼神中看到了自己的境况。接着，他又迷迷糊糊地看见了一个年轻女子的面容，旁边好像还有一个小孩子。然后听见德富说："哦，陆姑娘也回来了。就求你们了，出门人，讨生活艰难。"后来，老五又迷迷糊糊地知道自己被扶进了人家、躺下，昏睡了过去，最后的想法是：这回就是死了，也不怕被野兽撕吃掉了。

老五醒来的时候是第三天了。他后来才知道，那天陆老头不在家，去老林下扣子套野鸡去了。陆老太怕老五死在他家，开始不敢收留，是陆姑娘发话，说这个人火气还旺，最后才留下的。他迷迷糊糊地记得陆老头让他喝了一些很苦的草药汤，陆姑娘也喂他喝了一些有点酸、又似乎带一点甜的饮料，老五感觉自己的身体好像正需要这样的饮料，于是一口气喝了不少，把陆姑娘也逗笑了。

也就是第三天下午，老五退了烧，离开了篾笆床，坐在了火塘边和陆老头说话，又知道了很多的事情：这个地方没有名字，知道的人都叫这里"岔河老陆家"，一块包谷地和箐边的几片菜地，加上老陆套来的野兽，就是他们家的全部收入了，买盐巴、买衣裳，要用兽皮、野味去交换。因为没有大米，陆老头抱歉地说，只有请客人吃包谷饭了，不过陆姑娘手巧，把包谷饭做成了包谷糕，已经几天没有吃饭的老五胃口大开，连吃了几碗，要不是陆姑娘说他病还不好，不敢多吃，他简直可以一直吃下去，吃到瓦盆里一点不剩。

说到陆姑娘，陆老头只是叹气，没有向客人说什么。

第四天中午，德富赶回来了，看见老五没事人一般，和陆姑娘的小儿子在打闹，他吃惊地瞪大了眼睛。说他急急忙忙地放空回来，就是准备驮他，说不好听的，驮他的尸身回老家。怎么好这么快，吃了什么灵丹妙药？唉，说到头，还是你们年轻人火气旺，好好，好了就好，好了就好。

感谢过了主人，德富放下来他买来的红糖、挂面，又塞给了陆老头几个铜元，带着老五又走上了那条官路。临走的时候，陆姑娘拿来一个葫芦，把用包谷核做的塞子紧了紧，要老五带上，慢慢再喝几天，你那肚杂不好的毛病就会走掉了。

半路上，德富问老五，那是什么，药酒吗？老五说是醋。德富不信，拿过来闻闻，喝了几口，说他还没有喝过这么好喝的醋，再来几口再来几口。到了晚上住马店的时候，德富又说："老五老五，你那个醋，还多嘛，倒来喝一小碗。"这样到了第二天上路的时候，德富认真地告诉老五，昨天喝了陆姑娘那个醋以后，今天感到肚子好舒服，也不知道她那个醋里加了些什么。

赶马人肠胃不好，那是通病了。野外住宿开火，一锣锅红米饭，条件好时候，烧块牛肉干巴，吃完后去箐沟边捧点凉水喝，有时候就是在河沟边找点马蹄根之类的野菜，揉揉拌点盐巴辣椒下饭。加上这个地方多雨，湿气重，铁打的身体也熬不住几年。已经年过半百的德富自然也如此，所以，陆姑娘做的这个醋，他喝下去以后肠胃马上有了感觉，也是自然。

老五说，他也不知道，不过好像听她说，这醋是她母亲陆老太太教她做的，这些地方很多人家都会做，但她家的这个醋里头有茶、有我们经常驮的那种普洱茶。

两人又拿过那个葫芦，品了几口剩下的醋，细细回味，在那微甜的酸味里，果然回味出了一丝淡淡的普洱茶的醇香。

身体恢复后，老五跟着马锅头德富，又赶着牲口，继续行走在那些纵横相交的官路和毛路上，寻找着生意，寻找着可以赚钱的活计。德富说，他们赶马人的命就是这样，只要不死在路上，就得走，就得来来回回地走。也幸好还有这点本事，不然连一碗饭都混不着吃。

这样，后来他们经过岔河老陆家歇脚的时候，总会选择合适的时机，有时是去的时候，有时是返程的时候，停下匆忙的脚步，去看望老陆家老两口，还有陆姑娘和她的小儿子，当然，每次都不忘记带上一点他家稀缺的大米、盐巴、或者一点红糖。而陆姑娘则会回赠一些她自己养的醋——这是陆姑娘的原话，不然这两个大男人还不知道醋是要靠人养的。

回赠的醋是两份，马锅头德富也得到了一葫芦。也许就是因为这些醋，老五和德富都感觉到自己的身体比以前舒坦了不少，而且，醋的口感似乎也比以前更好。陆姑娘说，因为她家买不起糖，那个醋的微甜味，以前来自她采集的山果，后来得到了老五他们送来的糖，她在养醋的时候也加了一点糖。

很快的，雨季到来了，这个季节中马帮基本不出远门，只在离家不远的地方驮一点短途。有时就闲着喂马、养马，一直到雨季结束，也就是到了准备出远门的时候，马锅头德富看着老五说："该去得了，错过这个店，你会后悔一辈子，钱不够我借给你一点。"

看着德富的眼睛，老五也点点头，然后就开始购买礼物，那是一份上门提亲的女婿必须准备的礼物。为这个，老五已经准备很长时间了。善于打探的马锅头德富已经了解了陆姑娘的情况，知道她的男人几年前死了，男人死后，在婆家待不下去，才回到娘家的。陆老头不愿意说姑娘的事，也就是这个原因。

其实不需要德富动员，老五自那次从濒死状况下清醒过来，看清楚了陆姑娘的面容之后，心已经有了归宿，只是需要马锅头德富这样一个年长的，又关心他的兄长，用语言来把这一切点破。

后来的一切似乎也就是那样的顺理成章。

陆姑娘跟着老五和德富他们的小马帮离开了家，走的时候有一匹马的驮子上稳稳地扎着两个坛子，陆姑娘说，那是醋娘，没有那个醋娘，到了新地方，她养不出好醋。

出门的时候，陆老太太一直在擦眼泪，陆老头则送他们下到岔河，走上了官路。那条大黑狗一直跟在后面，直到陆姑娘停下来和它说话，要它回去好好看家，它才依依不舍地往家的方向跑了。

后来，这一片，或者说这一方的赶马人、走长路的商贩，都会随身带上一点醋，那是一种酸中带一点微甜的醋。有时他们也会建议外路人，去某个地方买一点这个醋带走，据说这醋能健胃消食，除湿气，对水土不服的外路人尤其有用。

这个醋没有名字，有人叫它甜醋，有人叫它果醋，不过，懂行的都叫它茶醋，因为它里头有一种叫普洱茶的东西，别的地方没有。

后记一

　　我是一个土生土长的普洱人，与普洱茶的相识是一种与生俱来的缘分。从小就见识过翠绿的茶山，见识过火塘边很香很香的烤茶，见识过大人们坐在一起，喝着一杯杯"苦苦的水"聊天的情景。在这样的环境中长大的我，最终也自然而然地，归属到了这个不可一日无茶的群体当中。

　　作为普洱的一个乡土作家，普洱茶自然也是我文学创作的题材，我曾经发表过《螃蟹脚》等几个中篇小说，也出版过长篇小说《灵芽》，都和普洱茶有些关系。据我了解，《灵芽》应该是国内首部以普洱和普洱茶为题材的长篇小说。当然，由于认知的有限，作品不能说很成功，谬误也不少。因此，退休之后，我主动要求来到了我一直关注的普洱杂志社。表面是兼个职，实际是想通过《普洱》

杂志这个难得的平台，弥补一下相关知识的欠缺，并通过这个平台认识一下更广阔的普洱茶世界。

普洱杂志社的社长罗洪波，曾担任过普洱市文联的领导，和我有同事之谊，这个与茶有关的杂志能在中国同类刊物中打出一片天地，和他个人的努力是分不开的。在他的支持下，我在《普洱》杂志的几年中，去了不少的普洱茶著名产区，拜访过多家茶企，代表杂志社前往深圳、长沙等地参加一些中国茶叶的展销、论坛等活动，并通过这些活动结识了不少的专家、学者、茶商以及普通的茶农，极大地开阔了我的眼界，也拓宽了我的创作视野。

在广泛的接触中，我发现了一个现象：在普洱，普通的群众几乎都会喝茶，懂得在什么季节喝什么茶，这种爱茶、爱品茶的传统，似乎已经融入他们的文化习俗和遗传基因当中。尽管他们当中的许多人不知道茶多酚为何物，甚至说不清楚普洱茶的后发酵是怎么一回事，但却不妨碍他们与茶为伴，去度过自己的一生。我亲眼见过，有的老人在弥留之际，向后辈提出的，就是要他们泡一杯好茶放在床边，陪伴着自己走向永恒。这些所见所闻，让我震惊、让我思考，也让我将普洱茶的文学创作方向，定位在人与茶的情缘之上，就像那个"茶"字一样，草木之间，立起的还是人。

记得在构思《灵芽》一书时，面对漫长的历史和浩如烟海的文献，很长时间里我不知道要从什么地方去下笔，经过了一番痛苦的思索后，我采取了一种拼图式的结构，打乱时空，用一个一个的画面来完成这部对普洱茶的文学思考。从手法上看，我认为是成功的，也让普洱作家摆脱了只会单一讲故事的习惯。所以，在这本"普洱人与普洱茶系列小说"中，我又回归到简单讲故事的原点，用一组短篇，让这块土地上的教师、卖茶的佤族妹子、几代相传的茶人世家以及一辈子与茶为伴的老驾驶员一一登场，以"清明上河图"式的结构，讲述他们与普洱茶的故事，并用这样的手法，将普洱茶亘古不变的茶香，永远地留在了我的作品之中。

这些系列小说，有几篇我曾试着在普洱本土的几家内部刊物上发表过，也听取了朋友和前辈的意见。我的很多朋友肯定了我的方向，也给出了不少中肯的建议。普洱市委宣传部、市文联更是认可了我的尝试，将我的作品列为普洱市的文学创作精品，从精神到经费都给予了扶持，使我这本书有了问世的可能。更让我感激的是普洱杂志社的罗洪波社长，以及杂志社的众多朋友、同仁鼎力出手，并在云南美术出版社的支持下，具体操作，完成了那些我做不来，或者因年老力衰无法去做的工作，最终使我的这部作品得以推出。

对我而言，这是第一次将一组互不关联的短篇小说在同一个主题下推出。于我是第一次，在我省的作家作品中，这样的实践似乎也不是很多，而且普洱茶的相关故事在现实中又是那样的丰富，我的作品难免有挂一漏万的欠缺，就如罗洪波社长评论的一样，我的"清明上河图"并没有画得完整。好在我的身边，还有许多年轻的作家也都在对这个题材跃跃欲试，希望他们能接手我抛出的砖，讲述出更多的普洱人与普洱茶的故事，塑造出更多的血肉丰满、栩栩如生的文学形象。

另外，在这组作品的创作和出版过程中，我还得到了普洱市委宣传部、普洱市文联、普洱市融媒体中心、普洱杂志社、普洱市作家协会、普洱市新华书店等单位的大力支持，马青无以为谢，只有在此对他们的无私支持，从心底表示深深的敬意。

2023年5月于普洱

后记二

致老马的文学末章——《白鹇箐》

马青是我的父亲，我总叫他"老马"，因为是他先唤我为"小马"。

你们能信吗？病榻上的老马不问自己病情不告知我们支付密码，而是一直牵挂着这本《白鹇箐》，还要求我时刻关注出版进度。还好，这个遗愿在罗洪波社长的关心和多方协调下得以如愿，感激不尽的小马提起笔来讲讲心里话。

对于老马的远去，我试着用他的方式去止痛和止泪，思索着如何当好一名"文二代"，努力用只字片语来慰藉关心他的人们。

老马一生经历了很多苦难，是心中长存的善念和始终追寻的文学梦为他导航，为他前行充电蓄能。这些事情，他从来没有很正式地告诉过我，全凭自己阅读理解，因为他就是一个低

122

调做事的人。

写了快二十年的新闻报道，我最不敢写的就是老马，因为他的人生何其精彩！矿工、教师、作家、丈夫、父亲、兄长、外公、舅舅、四姑爹、草烟、老顽童等"头衔"，是他"履职尽责"的印记，温暖了我们。放牛人、黄栗木铜炮枪、灵芽、白鸦、北回归线之城、老顽童讲鬼故事等"关键词"，是他散发魅力的点滴，惊艳了岁月。

就是这个不断自我升级的老马，总是在不经意间刷新我们对普洱人、对普洱艺术群体的认识。一如这一次用"清明上河图"的方式去讲茶事。可惜，这个把老婆孩子宠上天，把亲友视如珍宝的小老头走了。这个总穿着背带裤，时刻乐呵呵的小老头走了。他走得那么匆忙，匆忙到忘了教会思念他的人该如何承受没有他的痛楚，匆忙到来不及翻开《白鹇箐》看一眼，匆忙到来不及握住亲人的手道声珍重，而是匆匆赶往下一站，一如他平日的操作——干脆、大胆、勇敢。或许那里有他热爱的山水田园、有那只忠诚的猛犬骁骁、有自动续杯的普洱茶、不用使力翻炒的牛肝菌……定是他天马行空的理想国。

合上《白鹇箐》，忽然感到茶香四溢，佤妹叶列、巡边人、瓦猫在我脑海中起身谢幕。没想到这一个个简单的故事，汇聚成了老马文学之旅的末章。感谢普洱市委宣传部、《普洱》杂志、市文联等单位部门和亲友的大力支持。我和家人会在往后的日子里，浸润在茶乡向上向善的土壤中，如他一样用孩童般的眼光审视世界，用金子般的心怜惜万物，用从容的脚步踏过沟壑。

马雨果

2023年8月12日于父亲书房